UNIVERSALE
ECONOMICA
FELTRINELLI

Opere di Stefano Benni in Feltrinelli:

NARRATIVA
Terra!
Stranalandia (illustrato da P. Cuniberti)
Comici spaventati guerrieri
Il bar sotto il mare
Baol
La Compagnia dei Celestini
L'ultima lacrima
Elianto
Bar Sport
Bar Sport Duemila
Blues in sedici
Spiriti
Dottor Niù. Corsivi diabolici per tragedie evitabili
Saltatempo
Achille piè veloce
Margherita Dolcevita
La grammatica di Dio. Storie di solitudine e allegria
Pane e tempesta
Di tutte le ricchezze
Pantera (illustrato da L. Ralli)
Cari mostri
Prendiluna
Giura
L'ora più bella (solo eBook)

POESIA
Prima o poi l'amore arriva
Ballate

TEATRO
Teatro
Teatro 2
Teatro 3
Le Beatrici

FUMETTI
Fen il fenomeno (con L. Ralli)

BAMBINI e RAGAZZI
La bambina che parlava ai libri (illustrato da G. Folì)

REAL CINEMA
Misterioso. Viaggio nel silenzio di Thelonious Monk (con U. Petrin)
Le avventure del lupo. La storia quasi vera di Stefano Benni (con E. Negroni)

STEFANO BENNI

Bar Sport Duemila

Prima edizione ne "I Narratori" ottobre 1997
Prima edizione nell'"Universale Economica" febbraio 1999
Ventiduesima edizione ottobre 2023

Stampa Rotomail Italia S.p.A. - Vignate (MI)

ISBN 978-88-07-88463-4

MISTO
Carta da fonti gestite
in maniera responsabile
FSC® C109190
FSC
www.fsc.org

I disegni interni sono di Lidia "Zaza" Tarozzi.

La speranza è dietro
e davanti a me
mentre cammino sul filo

(Canto degli acrobati allegri)

PSICOPATOLOGIA DEL BANCONE DA BAR

Una strana e contagiosa malattia ha iniziato a colpire i bar e i locali pubblici verso la fine degli anni settanta: il suo nome è "sindrome del bancone", o *megalobancomania*. Questa sindrome porta a cambiare ossessivamente il bancone del bar ogni quattro-cinque anni. E ogni volta il bancone diventa più grande, più scomodo ed esteticamente incomprensibile. Si possono così incontrare, in piccoli bar di paese, dei monoliti di alabastro nero del peso di dieci tonnellate, portati lì da non si sa quale astronave. Parimenti dei bellissimi banconi di legno perfettamente funzionanti vengono sostituiti con banconi a "esse", a labirinto, pralinati con lapislazzuli, in materiali che vanno dalla bachelite arancione al vetro blindato. Gli stili passano dal rococò-maya al neo-torronico bugnato, dal liberty-linoleum al Barbie-Goodzilla, dal Cheope-Chippendale al post-Benito, dal gotico-zotico al Luigi-X-Files, dall'assiro-bullonese al techno-etrusco, in una gamma di orrori mineralogici e geometrici senza limiti di spesa, di tonnellaggio e di vergogna. Ecco alcuni dei più strabilianti.

Il monolito

È un bancone di marmo, o travertino, di colore scuro, del peso pari a quello di un sottomarino nucleare, che viene calato nel bar con tecniche ancora più misteriose di quelle usate per le piramidi egizie. Anche se ingentilito con zuccheriere di Murano e scalinate di caramelle, mantiene l'aspetto di una grossa lapide, o mausoleo funerario. In un bar di Vigevano, negli anni ottanta, si presentò agli occhi dei clienti un gigantesco blocco di marmo grigio. Non appena fu lucidato, apparve la scritta *A Matteo sposo esemplare la vedova inconsolabile*. Questo potrebbe confermare l'ipotesi che gran parte di questi banconi siano residui cimiteriali riciclati.

Il pregiato catafalco può essere impreziosito con rifiniture in oro, pietre preziose, bassorilievi, mosaici e soprattutto gadget. Abbiamo così alcune varianti.

Il superaccessoriato

Tipo di bancone usato nelle città ricche e in zone abbienti. In esso si sposa l'ideale estetico dei più alti esempi di pacchianeria e cattivo gusto mai raggiunti nel nostro paese: l'arte souveniristica e il défilé di moda televisivo. Il materiale è un vetroresina rosa da bordello di emiro, o un lastrone di iceberg salmonato. L'importante è che sotto il sapiente gioco di luci, impostato da uno specialista in discoteche, tutto brilli e mandi riflessi accecanti sugli avventori. Su questo apparato si ergono alcuni distributori di caramelle alti fino a due metri, un'edicola di biscotti, quattro bidoni di yogurt di diversi colori, una cioccolatiera che rimesta la stessa cioccolata dal giorno dell'inaugurazione, una macchina che fa cubetti, sfere e ottaedri di ghiaccio, e un gigantesco rotore che agita una fanghiglia verde che potrebbe essere granita o cremolato di iguana.

Sul bancone sono allineate decine di vassoietti contenenti pizzette, pistacchi, pannocchiette, anacardi, capperi, olive nere, olive verdi, salatini, arachidi, cetrioli, patatine e affini. Frequentando uno di questi banconi un bevitore di Campari può vivere a sbafo per tutta la vita. Mazzi di bustine di zucchero, zucchero di canna, zucchero dietetico e zucchero per mancini occupano le zone restanti. Nell'unico spazio libero ci sono la pubblicità del Beaujolais nouveau, e un vaso criselefantino con le offerte per il rifugio del Levriero.

L'inconveniente di questo prodigioso bancone è che nessuno sa dov'è il barista, sepolto dietro la parata di optional. Se riuscite a scoprirlo, tra il distributore di yogurt e la cioccolatiera, o dietro una palizzata di bottiglie, potete provare a chiedergli un caffè.

– Mi dispiace signore, – risponderà affranto, – ma non saprei proprio dove mettere la tazzina.

Il Transilvania superstar

Detto anche "Bara di Dracula". Blocco di marmo nero con disegni in oro, distributore di birra alla spina in avorio, sgabelli in osso. Il barista apre solo dopo la mezzanotte.

Il girotondo della morte

Semicerchio di alabastro verde pisello con ringhierina rococò, e sedili formati da tronchetti traballanti che spesso crollano al suolo senza motivo apparente. Se uno solo dei clienti perde l'equilibrio, trascinerà tutti gli altri in una caduta circolare, e l'ultimo precipiterà giù per le scale della toilette.

Il grande labirinto

Inventato da un architetto sadico in un giorno di ascesso dentario, questo bancone ha il compito di rendere il più possibile scomoda la vita del barista e degli avventori. È fatto a "elle", a "esse", a "doppia vu", a percorso di motocross, ogni forma, insomma, che impedisca una normale razionalizzazione del lavoro. Le bottiglie sono sospese in alto, impiccate ad anelli metallici, e il barista ci può arrivare solo saltando.

La lavastoviglie è sul bancone, vibra e schizza getti di vapore caldo sui clienti, mentre la macchina del caffè è in fondo a un tornante a sinistra, nascosta da una catasta di tazze. È quindi impossibile ottenere un caffè caldo, perché la tazzina, per arrivare dalla macchina espresso al bancone, impiega circa un minuto e mezzo. I clienti più abili usano il vapore della lavastoviglie per scaldarsi il cappuccino o arricciarsi i capelli. Per il gioco delle sedie, girate e contrapposte in strane angolazioni, alcuni avventori stanno di spalle e possono bere solo attraverso cannucce speciali con retrovisore, altri devono mangiare tenendo il piatto sulle ginocchia del loro dirimpettaio. Ne nascono amori e antipatie. A volte può crearsi il famoso "vortice cosmico": un misterioso scambio di posti per cui tutti i clienti si ritrovano all'interno del bancone e i baristi seduti sugli sgabelli. Il fenomeno è allo studio della Nasa.

L'inferno di cristallo

Altro bancone insidiosissimo. Tutto è riflesso, tutto è specchiato e moltiplicato in un vorticoso gioco di trompe-l'œil e tranelli prospettici. Anche la vetrina e le pareti partecipano al caleidoscopio. Il barista potrebbe essere davanti, ma anche dietro di voi. Il caffè che avete ordinato tarda ad arrivare perché il barista è lento, oppure perché lo avete ordinato al riflesso del barista, che in realtà è venti metri più in là. Chiedete un whisky ma il barista dovrà capire, tra le cento bottiglie riflesse, qual è quella vera, e poi vi verserà il whisky in testa. Pensavate di girare il cucchiaino nel vostro caffè e invece lo avete infilato in bocca a un bambino. Non è un krapfen che tenete tra le mani, ma la guancia di una signora. E così via.

Una volta, in uno di questi bar, un cliente chiese un toast.

Il barista rispose che lì non si facevano toast.

– Eppure, – insistette il cliente, – qua c'è scritto: "toast e panini caldi".

– No, signore, – disse il barista – la scritta che lei vede è quella del bar dall'altra parte della strada.

Il serpentone

Bancone quanto mai impegnativo, composto da metri e metri di materiale laterizio. Il barista corre da un lato all'altro sudando e spostando l'unica zuccheriera. Quando il serpentone si unisce al monolito, si crea il moloch, sogno e incubo di ogni barista. Un blocco lucente, ispirato alle statue dell'isola di Pasqua, per trasportare il quale è necessario un autosnodato. Assistemmo una volta al montaggio di un moloch in un piccolo bar di periferia. Il padrone era molto contento. Solo dopo alcune ore si rese conto che il bancone occupava l'intero bar, e non c'era più posto né per lui né per i clienti. Per qualche settimana riuscì a sbarcare il lunario mostrandolo alla gente: dieci minuti, mille lire. Poi con una sega elettrica lo tagliò in otto pezzi e li vendette come sculture moderne. Sette sono attualmente esposti nella villa di un produttore romano a Torvajanica, l'ottavo è in un museo di San Antonio (Texas).

Il bancone marino

Vecchio e classico bancone di legno, con oblò, rifiniture in ottone, conchiglie incastonate e mummie di aragoste. Certo, fa effetto vederlo fuori dal suo habitat navale, in un bar di città. Ma funziona sempre, specialmente se il barista ha una benda sull'occhio.

Ha solo due inconvenienti: per prima cosa attira stormi di gabbiani, che lo caramellano di guano e rovistano nella spazzatura. Inoltre, anche se dista trecento chilometri dal porto, la sera si riempie misteriosamente di marinai che si ubriacano, sfasciano tutto in risse interminabili e misteriosamente spariscono.

Il secondo inconveniente è che provoca, in soggetti particolarmente sensibili, feroci attacchi di mal di mare. Dopo un solo bicchiere di birra vomitano e si sdraiano per terra, chiedendo quando finisce la traversata.

Il caso più misterioso avvenne nel 1983 in un bar sulle

montagne di Arezzo. Verso mezzanotte il padrone aprì la porta e una misteriosa ondata portò via lui e una decina di clienti. Solo tre vennero recuperati al largo delle Celebes, degli altri nessuna traccia.

IL BAR PESO

Questo tipo di bar, anche se in via di estinzione, è uno degli ultimi esempi di bar del passato. Ne resta un centinaio di esemplari, non protetti, in quanto sono in grado di proteggersi benissimo da soli. Si trovano in paesi impervi, e in alcune periferie metropolitane. Il Bar Peso è contrassegnato da un clima di ruvida familiarità e cordiale rissosità, nonché dall'igiene disinvolta e dalla presenza di gestori e clienti fortemente orientati agli alcolici.

Come si riconosce un Bar Peso? L'intenditore lo individua subito, dagli odori, dalle facce, dall'atmosfera particolare. Ma se siete dei profani, ecco tredici indizi che vi possono aiutare.

1. Segatura per terra.

2. La presenza di un cane nero di nome Black, Bill o Pallino, che appena entrati vi annusa il sedere.

3. Televisione pensile (se c'è), sospesa a tre metri di altezza. È un vecchio modello diciotto pollici, ottantotto chili miracolosamente in equilibrio su una mensolina di vetro. Sotto la televisione dorme un vecchietto con la bocca aperta, sorvolato da una pattuglia acrobatica di mosche. Appoggiato al muro c'è un lungo bastone di legno: è il telecomando. Il vero telecomando è sempre rotto perché i clienti, abituati a ben altri attrezzi, tutte le volte che lo usano lo sbriciolano come un wafer.

4. Nell'aria volano le mosche da Bar Peso (*dipterus rudis*) alquanto diverse dalle mosche normali. Anzitutto le

loro traiettorie, per i vapori alcolici, sono più sghembe e imprevedibili della media, con grandi cabrate dentro le bocche dei clienti assopiti. Se le colpite con un normale schiacciamosche, ve lo strappano di mano e restituiscono il colpo. Oppure stramazzano al suolo simulando l'agonia, e dopo un'ora ripartono più vispe di prima. Ultima particolarità, il rumore: sanno ronzare in cinque tonalità diverse, dal trapano dentistico al decollo di jumbo, e nei giorni d'estate compongono una colonna sonora indimenticabile. Perché il loro volo ha tanta varietà di suoni? L'ha scoperto recentemente un'entomologa di Imola: le mosche da bar hanno il cambio e le marce.

5. Presenza di una grossa carpa imbalsamata, d'aspetto sacerdotale, appesa al muro.

6. Presenza di un distributore misterioso, somigliante ai robot dei film di fantascienza anni cinquanta, il cui contenuto è ormai indecifrabile, perché da anni, per la ruggine, nessuno riesce a introdurre una monetina. Alcuni di questi distributori sono così vecchi che accettano solo sesterzi romani. Aprendoli a martellate, a volte ne escono noccioline fossili, palline con l'effigie di Girardengo e gomme americane del tipo "Dracula" che svaniscono a contatto dell'aria.

7. Foto del barista a fianco di un famoso campione, che però lui non ricorda più chi è, forse Carnera, forse Bobet, forse sua moglie da giovane.

8. Foto di squadre di calcio nazionali, locali o degli avventori del bar stesso. Quest'ultima squadra è riconoscibile dal dodicesimo giocatore basso e rotondetto che, a un esame più accurato, risulterà una damigiana.

9. Bicchieri di almeno tre centimetri di spessore, con effetto telescopico: accostando l'occhio al vetro si possono vedere distintamente gli anelli di Saturno, specialmente dopo la decima grappa.

10. Bacheca delle paste con vetro fumé per nascondere le rughe.

11. Coniglio di peluche azzurro delle dimensioni di un orango, usato come premio-esca per la riffa, e mai aggiudicato in trent'anni.

12. Cartoline da tutto il mondo.
13. Presenza dietro al bancone del Barista Peso.

Il Barista Peso

L'anima e l'emblema del Bar Peso è naturalmente il Barman Peso, un omaccio con barba lunga e sigaretta in bocca. La brace della sigaretta cade (quando va bene) nel lavello, quando va male scende invece a condire il caffè, conferendo quel particolare sapore che talvolta la clientela richiede (un caffè alla brace, per favore).

Il Barman Peso raramente si lava le mani e quasi mai indossa il berrettino bianco di ordinanza. È quindi possibile che i suoi capelli, e anche qualche pelo di barba o di ascella, cadano copiosi sulle ordinazioni.

In un bar pedemontano era famoso il sandwich *Porcospino*. Trattavasi di un panino peloso, decorato da almeno una ventina di capelli del barista Remo, che usava pettinarseli con lo strutto, conferendo all'insieme un sapore molto particolare. Per palati ancor più forti c'è il *Blizzard* (panino allo sternuto) e il *Surprise* (se il prosciutto cade per terra).

Non si può naturalmente discutere dell'igiene o del servizio con un Barista Peso, perché si rischia grosso. Il Barista Peso parla pochissimo, grugnisce, smadonna, sbatte i bicchieri sul bancone e si incazza immancabilmente ogni volta che deve incassare soldi o dare il resto.

Esempio:

"Beh, prende un caffè da milleduecento lire e paga con un diecimila, per chi mi ha preso, per una banca?".

Oppure:

"Beh, prende novemiladuecento lire di paste e mi dà le diecimila, cosa crede, che li fabbrico io gli spiccioli?".

Oppure:

"Oh bimbo, prendi quattrocento lire di liquerizia e mi dai otto monete da cinquanta, devo comprarmi una cassaforte apposta per te?".

Oppure (ancora più fine):

"Cosa ha fatto con queste mille lire, ci si è spazzato il culo?".

Le dodici frasi da non dire mai al Barista Peso

Mi fa una camomilla?

Guardi che c'è uno scarafaggio nello zucchero (lo scarafaggio si chiama Edoardo e vive lì da un anno).

Vorrei un panino al prosciutto ma per favore mi tolga tutto il grasso.

Mi dia un pomodoro condito.

Mi dia un baby liscio (non vi daranno un whisky, ma un sacco di botte ritenendovi un pedofilo).

Scusi, dov'è il Dietor?

Scusi, dove sono i servizi?

Accettate carte di credito?

Avete carte da bridge?

Vorrei un caffè d'orzo in tazza grande con l'acqua calda a parte.

Mi dia una pasta senza niente dentro.

Perché questo vino è così rosso?

I cocktail pesi

Specialità del Barista Peso sono i cocktail pesi, antiche ricette di un'alchimia della distruzione epatica di cui si va perdendo la tradizione. Ve ne diamo alcuni esempi:

Caffè corretto (per tirarsi su)

Una tazzina di caffè
Un bicchiere di cognac
Un bicchiere di grappa
Un bicchiere di Vov
Tre mestoli di minestra di fagioli

Pepe, peperoncino, noce moscata
(guarnire con una baionetta).

Scrocca-e-vai (per chi non ha una lira)

1/4 di vino bianco offerto dal barista
1/4 di birra rimasta nel boccale di Piero
1/4 dei fondi di sette crodini raccolti nella spazzatura
1/4 di gas liquido di accendino.

Pitecantropus (Long drink)

Un Campari
Una nocciolina
Un Campari
Una nocciolina
Un Campari
Una nocciolina
(e così via, a lungo, fino a un massimo di quattrocento-cinquanta).

Désir de Paris (per chi ama l'esotismo)

1/3 Ville Lumière (profumo da donna)
1/3 Peugeot (benzina rubata a un'auto in sosta)
1/3 Grand Marnier (ottenuto strizzando un vecchio boero).

Nonmamipiù (*You don't love me any more*, per scordare le delusioni sentimentali)

1/4 Trielina
1/4 Amaro del Carabiniere
1/4 Moscato di San Marino
1/4 Guttalax
Cinque puntine da disegno
Cinque pastiglie di barbiturico
(guarnire con un biglietto d'addio).

Alexander (per i più raffinati)

Un bicchiere di latte.

Far alitare nel bicchiere l'idraulico Alessandro dopo che ha bevuto la ventesima vodka. Il latte prenderà una squisita gradazione alcolica.

La toilette del Bar Peso

Nel Bar Peso c'è una toilette, ma non è facile da raggiungere. Alla domanda "scusi, dove posso andare a lavarmi le mani?", la risposta può essere di tre tipi:

Grado di difficoltà uno: Vada in fondo a destra nel retrobottega, c'è un cortile. Lo attraversa fino a una porticina rossa, poi scende delle scale strette strette, sbuca in un altro cortile, a sinistra c'è una porta verde con la scritta "pericolo di morte", lì c'è la toilette, se sente raspare alla porta non apra.

Grado di difficoltà due: Esca, attraversi la strada, c'è un distributore di benzina, chieda di Armando, l'accompagnerà a una scaletta di ferro che scende a picco in uno scantinato, prenda la terza catacomba a destra, poi sale le scale e c'è un campanello con la scritta Fornarini, è mio cugino, se non è ubriaco la fa pisciare, se è ubriaco le piscia addosso lui.

Grado di difficoltà tre: Esca, attraversi il cortile, c'è un prato, in fondo vedrà una collina coperta di neve, salga fino a metà, c'è una grotta, lì può fare tutto quello che vuole senza essere disturbato, ma accenda un fuoco per tener lontano il Krukmull.

È noto il caso di un ingegnere di Brescia che, partito verso una toilette di un bar del Centro-Sud, tornò dodici anni dopo e non parlò mai più per tutta la vita. Ma c'è anche il caso di una signorina che, entrata in una toilette pesa, riemerse l'anno dopo madre di due bellissimi gemelli.

I miti

Il Bar Peso più famoso del mondo è forse il Bar Falco di Monzurlo sull'Appennino tosco-emiliano. Ci si arriva attraverso una strada impervia, e il bar è costruito su una forte pendenza.

I tavolini sono fissati al terreno con catene, e guai a posarci sopra un bicchiere, precipiterebbe a valle. Le tazze ad esempio hanno la caratteristica forma qua illustrata.

Da qui la forte propensione al vino dei frequentatori, tutta gente da dieci litri al giorno ("se non lo beviamo, ruzzola tutto via" è la scusa).

In quanto ai panini, vengono forniti con un guinzaglio, e a volte il prosciutto è attaccato con la puntatrice. La macchina del caffè, mancando l'energia elettrica, funziona a pedali, e se chiedete un espresso, la risposta spesso sarà:

"Siamo spiacenti, ma niente caffè, lo zio non è ancora attaccato".

Infatti lo zio, che dà l'energia alla dinamo, comincia a pedalare solo alle otto.

Brioche, torte e dolciumi

Le brioche sono di due tipi: fresche (con meno di un mese) o stagionate (con meno di un anno). Si possono mangiare solo scalfendole con un punteruolo da parmigiano, e non si sciolgono nel cappuccino, a meno che non chiediate una correzione di acido muriatico. In compenso si possono intingere nel caffelatte sette diversi tipi di insaccati, tra cui il famoso zampetto chiodato di maiale da calanco. E soprattutto la Palugona, torta tipica di Monzurlo, parente stretta della Luisona.

La Palugona è fatta con farina di castagne, burro, ghiaia, mascarpone, mandorle, miele, ricotta, colla di pesce, segatura e canditi. La sua particolarità è il forte coefficiente di impalugamento, cioè la tendenza a formare un malloppo ostruttivo in bocca o in gola. È stato calcolato che per masticare una fetta di Palugona è necessaria un'energia cinetica pari a quella che occorre per masticare duemilaquattrocento panettoni. Questo numero è detto *Coefficiente di Ferdy*, dal nome dello scienziato che morì durante l'esperimento e si scrive:

HM1 PAL = 2400 HM PAN

La Palugona, una volta a contatto con la saliva, si densifica in una melassa al calcestruzzo che si attacca ai denti e al palato con nefasto effetto occludente. I monzurlesi bevono in media un bicchiere di vino ogni briciola di Palugona, ma anche così la malefica leccornia è difficile da mandare giù. Spesso, dopo ogni boccone, bisogna scalpellare molari e premolari, e spruzzare acqua calda sulla lingua, a volte anche Niagara o altri prodotti per sturare i lavandini. Ma la Palugona è pericolosa soprattutto quando giunge nei pressi della gola. Qua, per essere inghiottita, deve essere spinta a colpi di forchettone, oppure sparata giù con un getto di aria compressa. Nessun uomo normale è mai stato capace di inghiottire un intero boccone palugonico, a eccezione di tale Orfeo Gualandi, che usava il metodo cosiddetto del Pugno di Dioniso.

Orfeo, dopo aver ben masticato, beveva un bottiglione di vino frizzante per ammorbidire il boccone, quindi spalancava le fauci e si assestava un tremendo pugno in bocca, riuscendo a imbucare la Palugona. Nel far ciò spesso si rompeva qualche dente, ma lo spettacolo era comunque notevole.

I turisti golosi si accostano incautamente a questa torta, con grave rischio per la loro salute. Nello scorso anno, a Monzurlo, dodici sono stati sottoposti a tracheotomia dal barbiere locale, che li ha salvati dal soffocamento. Sei hanno avuto i denti completamente cementati e sono in cura alcuni presso un dentista, altri presso un saldatore.

Solo due sono riusciti a ingoiare un boccone ma non a digerirlo, e continuano a ruttare Palugona a distanza di dieci anni. Ma ci sono anche inconvenienti di altro tipo, come il caso della signora Fornari di Chiasso. Messasi in bocca una fetta di Palugona, ha iniziato a masticare nel gennaio 1973. Nel momento in cui scriviamo, la signora sta ancora masticando e chiedendo da bere. Anche se continua a lavorare (fa la stiratrice) e accudire i figli, i rapporti sessuali col marito hanno subito un duro colpo.

IL BAR FICO

Nemico storico del Bar Peso, il Bar Fico ha conquistato sempre maggior spazio in megalopoli e borghetti del nostro paese. Come si riconosce un Bar Veramente Fico? Naturalmente dal fatto che è frequentato dai Vip, siano essi internazionali, cittadini o condominiali. Ma il Bar Fico è soprattutto individuato da alcune particolarità che illustriamo.

A. *La miniaturizzazione delle paste*. Più piccole e costose sono le paste, più il bar è fico. Vediamo quindi mini-bignè che non ospiterebbero neanche un paguro, brioche invisibili a occhio nudo, pastefrolle decorate con un brandello di fragola o un mezzo mirtillo, krapfen non più grandi di un bulbo oculare. Eppure il cliente fico, sospettoso per la sua dieta, chiede ogni volta "scusi, cosa c'è lì dentro?", come se da quei bonsai potessero sgorgare, per magia, colate laviche di colesterolo.

"C'è nocciola oppure crema oppure mascarpone oppure marmellata," è la risposta del barista "se vuole essere sicuro le passo il microscopio."

Possiamo affermare che, dai tempi della Grande Luisona, è in atto un restringimento progressivo e inarrestabile dell'anatomia dolciaria. Si è calcolato che, con questo ritmo, una pasta del 2010 non sarà più grande di un batterio e costerà dodicimila lire.

B. *Gli stuzzifichi*. Il bancone del Bar Fico (vedi capitolo sulla megalobancomania) è sommerso di piatti e vasetti contenenti capperi, patatine, olive, popcorn, pistacchi, anacardi, pizzette, tartine e cetrioli che fanno la delizia dell'Assaggiatore professionista. Ma non sono banali stuzzichini, bensì *stuzzifichi*, del tutto originali e diversi da quelli di un comune bar. Le olive, ad esempio, sono di colori speciali quali viola, indaco e blu petrolio, e talvolta grandi come uova. I capperi hanno la coda da girini. Le patatine sono piccanti e i peperoncini macrobiotici. I dadini di volgare mortadella sono infilzati e nobilitati da una banderilla colorata. Vi sono poi micro-tartine variopinte e guarnite con virgole di salmone, sputi di pâté, ideogrammi di salsa, indizi di fungo. Questi piccoli capolavori sono la gioia dei clienti e l'angoscia dei baristi, tenuti a controllare cosa effettivamente stia accadendo sul bancone. È una goccia di worcester quella che arrossa la pizzetta, o qualcuno sta perdendo sangue dal naso? Sulla tartina in mano al cliente, c'è un cuore di palma o una cicca di sigaretta? E questo rotolino che un signore ha appena raccolto da terra rimettendolo nel piatto, era un cetriolo o proveniva da quel barboncino con l'aria colpevole?

C. *Il caffè non è mai caffè*. Si chiama "crème", "crème estivo", "parigino", "americano", "imbiondito", "francese". Viene servito con un minuscolo calice di acqua al seltz e dodici qualità di dolcificanti, compresi lo zucchero di bambù per panda, la saccarina per maratoneti e il miele di ape monaca.

D. *La cordialità* degli avventori del Bar Fico è entusiasta ed esibita in modo perfino sospetto. Chi entra, urla di gioia al cospetto del conoscente, come se non lo vedesse da dieci anni, mentre lo ha lasciato la sera prima.

È tutto un fiorire di pacche sulle spalle e virili toccate di coglioni tra gli uomini, di trilli e bacetti sodali tra le donne. Mentre si saluta e si bacia il primo conoscente, già con la mano si fa un cenno al secondo e si strizza l'occhio al terzo. Per uno strano contrappunto, queste espressioni di affetto e cameratismo vengono per lo più accompagnate da spiritosi epiteti quali "brutto bastardo!", "eccoti qua, vecchia checca!" oppure "stronza, dov'eri finita?" o "troia, che sorpresa!".

Lo scopo di questo Gran Teatro della cordialità è naturalmente segnalare il proprio arrivo e parimenti mostrare quanta gente si conosce. Guai a chi, entrando in un Bar Fico, va direttamente alla cassa e non saluta, né viene salutato da qualcuno. Chi è? Un rappresentante di mentine, un rapinatore o peggio, un non-Vip che vuole inserirsi a tradimento?

Il vero habitué del Bar Fico poi, non solo saluta fragorosamente, ma piange di commozione, stritola mani, bacia sensualmente, dopodiché si apparta in un angolo con un conoscente esternandogli l'odio per tutti i presenti, l'insofferenza per queste recite smancerose, e la noia di doversi recare lì tutte le sere, mentre nei bar di Manhattan o di Marbella c'è tutta un'altra atmosfera.

E. *Il rapporto col motore*. Pare che qualche maledizione impedisca ai frequentatori del Bar Fico di potervi accedere a piedi. Vedremo quindi sciami di motorini e vespine, su cui sono sdraiati ragazzi e ragazze che comunicano tra loro da sellino a sellino, con manubri e fanali infilati nelle combinazioni più scomode e in ogni cavità disponibile. Nel reparto grandi moto fanno mostra di sé alcuni trentenni o settantenni, inguainati in tute di cuoio. I più magri sembrano l'Uomo ragno, i più rotondi un divano da anticamera odontoiatrica. Le donne fanno sgorgare dai caschi abbondanti chiome e aprono con maestria le zip mostrando scampoli di cute e settori di tette. La zona auto parcheggiate è una specie di labirinto metallico, un magma di cilindrate in cui ognuno blocca l'altro, e ci si parla urlando dietro i finestrini, perché non è possibile uscire. Ma anche se le auto sono così attaccate le une alle altre da non permettere alcuna forma di vita pedonale, altre si inseriscono magicamente, snobbando il vicino parcheggio e aumentando le dimensioni del mostro.

Tra gli avventori motorizzati del Bar Fico i più pericolosi sono:

1. *Il rombante*, che non spegne mai il motore, ma parla a voce alta accelerando e gasando gli astanti, e sottolinea i punti importanti del discorso con brevi impennate e segnalazioni con gli abbaglianti.

2. *Il parcheggiatore sadomaso*. Un idiota fico che ama posteggiare l'auto in posti inenarrabili, bloccando un taxi, stritolando Vespe o col muso contro il portone di una casa, conscio del suo delitto, ma pronto a rivendicarlo. Perciò sta di sentinella al bar, aspettando un vigile o un altro motorizzato per litigare. Mentre gli parlate il suo sguardo è altrove, e tutta la sua attenzione è protesa al momento in cui il nemico tenterà di multarlo o gli chiederà di spostarsi. Solo allora litigherà e tornerà placato, dopo aver parcheggiato peggio di prima.

3. *L'invasore*. Variante motociclistica del precedente. Costui gode solo se riesce ad arrivare il più vicino possibile all'entrata del bar. A tale scopo, compie slalom dissennati tra le altre moto, schiaccia piedi, dà manubriate nei fianchi, finché non riesce a posare la ruota esattamente sulla soglia desiderata. Nei casi gravi, entra con la moto e la appoggia al bancone. Ma il peggio sopravviene in due casi: quando attraversa il bar agli ottanta per andare a fare lo scontrino, e soprattutto quando fa motocross per andare al cesso al piano di sotto.

4. *Le lumache da scooter*. Queste creature sono sicuramente le più simpatiche, ma anche le più tenaci. Trattasi di due ragazzi, di età tra i quattordici e i diciotto, che sul sellino della Vespa di lui o di lei con una posizione Kamasutra-Castrol, possibile solo a quell'età, si attaccano in un bacio interminabile incuranti di chiunque passi. Possono restare così anche sei o sette ore, respirando dal naso, e si fermano solo in tre casi:

a. se arrivano i genitori di uno dei due con un cric per separarli;

b. se cade la Vespa;

c. se finisce la storia d'amore e si smollano, perché mentre si baciano sono anche capaci di parlare e, a volte, di litigare.

F. *Le tinte*. Nel Bar Fico nessuno ha la sua colorazione naturale, cosicché un osservatore neutrale potrebbe pensare di essere entrato in un film di fantascienza. Gli uomini hanno abbronzature da solarium color albicocca o vitello tonnato, occhiali scuri con lenti rosa o verde pisello e i capelli unti di gel che riflette il colore del soffitto.

Le donne, causa fard o lampada o Caraibi, sono color biscotto, con labbra rosa confetto o verdoline e strani gonfiori siliconici che emanano improvvisi bagliori. I capelli sono di varie miscele biondastre e spiccano su un abbigliamento rigorosamente nero. La sensazione finale è di assistere sotto Lsd a un funerale siciliano.

G. *Gastone l'animatore*. In tutti i Bar Fichi c'è un uomo, che chiameremo Gastone l'animatore, che proferisce battute ad alta voce, sa tutto quello che è successo la notte prima e soprattutto si dà da fare per organizzare la serata. Non sappiamo se lo fa per vocazione, se non ha altro da fare, se è pagato dall'Ente Turismo, ma il suo sforzo è costante e metodico, diretto ad assicurare il massimo di divertimento e di partecipazione collettiva.

Esempi di programma di Gastone.

a. Ci troviamo qua al bar verso le nove, prendiamo l'aperitivo poi andiamo al ristorante ma prima bisogna prenotare, allora torniamo a casa, Carletto prenota poi avvisa tutti e ci diamo un altro appuntamento qui verso le undici e da lì andiamo al ristorante da dove telefoniamo alla Titti che ci dice se ci raggiunge oppure se ha prenotato un altro ristorante, allora o ci trasferiamo al nuovo ristorante, o restiamo dove siamo e lì ci telefona la Titti che ci dice se c'è una festa, ci troviamo qua all'una e raggiungiamo la Titti alla festa o se non c'è la festa la Titti vien qua alle due per mettersi d'accordo dove organizzare la festa e ci si rivede qui verso le quattro per andarci.

b. Ci troviamo qui verso le dieci per andare al ristorante prenotato fuori città e facciamo una carovana di dieci macchine guidata da Carletto, e passiamo a prendere la Titti che intanto ha radunato i suoi, poi in una ventina di macchine torniamo qua a mezzanotte, se qualcuno si perde l'appuntamento è all'una al casello di Modena dove c'è anche il gruppo delle Maldive con un'autocolonna di fuoristrada, si va tutti con la mappa perché il ristorante è in mezzo alla campagna, e dopo mangiato ci si trova tutte e quaranta le macchine qua al bar dove c'è il gruppo di Claudio con le moto per andare alla festa al mare, chi si perde l'appuntamento è a casa della Titti alle quattro ma siccome lì non c'è da parcheggiare viene Magagnoli con la bisarca e porta via tutte le macchine e ce le restituisce domattina alle otto al casello di Rimini.

c. Ci troviamo qui a mezzanotte e aspettiamo Carletto che torna in aereo da Cuba con l'aragosta fresca per andare dalla Luisa che sta aspettando Colette che torna da Parigi con la maionese e se ritardano mangiamo un panino in mezzo alla strada e l'ultimo che va via porta a casa la Titti e la tromba che è il suo compleanno.

d. Andiamo tutti a casa della Titti a vedere Sanremo e mia mamma ci fa le sfrappole.

IL DESTINO DI GAETANO

C'era una volta, in un bar di quartiere, un uomo di nome Gaetano che non era mai andato in televisione.

Tutti i suoi amici e conoscenti ci erano andati, lui no.

Pietro e la Linda erano andati a sputtanarsi e ingiuriarsi in diretta a *Non ti reggo più*, trasmissione per coppie in crisi.

Arturo era stato investito da un motorino, aveva vagato senza memoria una settimana e l'avevano riportato a casa con *Scappa che ti prendo*, trasmissione di ritrovamenti in diretta.

Cesira aveva partecipato a una trasmissione notturna di strip per casalinghe.

Samuele aveva invaso un campo di calcio ed era stato portato via di peso dalla polizia sotto gli occhi di sette milioni di spettatori.

La Nina e la Fernanda erano andate a *Processo per direttissima* perché il gatto di Nina aveva mangiato il basilico di Fernanda, si erano accapigliate ed erano state persino blobbate.

Sandro il meccanico aveva partecipato a *Crazy record*, trascinando un'auto per cento metri con una corda attaccata allo scroto.

Diego era stato testimone oculare di una rapina con morto e intervistato da ben tre telegiornali.

Tutti, dico tutti nel bar erano apparsi in televisione almeno una volta. Tranne Gaetano.

Il barista Romeo addirittura due volte, la prima quando aveva venduto un Grattaevinci da cento milioni e la seconda quando era apparso a *Cornuti* con la moglie Rosella e il fornaio Matteo.

Il cameriere Agostino era stato ospite dello show di un famoso ipnotizzatore che gli aveva fatto fare il canguro, la gallina ubriaca, e l'aveva anche fatto camminare sulla carbonella.

La cassiera Lola aveva girato la città con le tette bicolori al vento quando la sua squadra era salita in serie A, ed era apparsa nei titoli del tigì uno.

Il postino Eddie, collega di Gaetano, aveva partecipato a *Hobby* con la sua collezione di castagne deformi.

Il piccolo Nano aveva cantato nel coro del Marenghino d'oro la canzone *Mu-mu-mucca come me*.

La piccola Sabina aveva fatto l'imitazione di Madonna a *Divi e divini*.

La giovane Caterina faceva la valletta a *Telequartiere* in una vendita diretta di tappeti.

Clodoveo, l'ex pugile, aveva svolto il servizio d'ordine al Festivalbar e lo avevano ripreso mentre picchiava i fan di un famoso cantante.

Lucilla era stata fidanzata con un calciatore e si era vista tre volte sullo sfondo del *Processo del lunedì*.

Tutti, e Gaetano no!

La signora Ornella, con una telefonata in diretta a *Domenica sei tu* aveva indovinato l'ospite misterioso, scherzato con la famosa presentatrice Marzia e vinto una vacanza a Zanzibar; quindi era come se fosse apparsa e anche di più.

Suo marito Annibale, intervistato a un telegiornale, aveva detto che gli albanesi dovevano restarsene a casa loro.

Il veterinario Salmassi era stato ospite di una trasmissione sull'utilità del cappottino per i cani, ed era stato morso da un cocker indossatore.

La Fantuzzi, quando aveva compiuto cento anni, aveva avuto un lungo servizio su *Italia senior* con intervista dialettale sottotitolata.

La piccola Carmelina aveva salutato dall'incubatrice come prima nata in città dell'anno 1993.

Guidino era stato mostrato come esempio di labbro leporino infantile a *Medicina per tutti.*

Zambro il barbiere aveva partecipato a un quiz con la materia Storia degli Amori Vip e aveva vinto dieci milioni in creme abbronzanti.

Marione il macellaio era uno dei seicento ciccioni che corrono in bicicletta nella pubblicità del dolcificante Snelly.

Nereo era stato terremotato e intervistato con le braccia rotte e la flebo attaccata.

Solo Gaetano non era mai andato in televisione, e tutti lo guardavano storto. Quando entrava nel bar, i clienti facevano finta di non vederlo. Il barista lo trattava scortesemente. Le donne poi, neanche a parlarne. Non riusciva neanche a invitarle a prendere un caffè.

Una sera, come sempre, Gaetano era seduto in un angolo da solo mentre tutti guardavano in televisione una puntata di *Pianeta* UFO. In essa il lattaio Bovolini raccontava il suo incontro ravvicinato con un alieno, che lo aveva guarito dalle emorroidi con un fischio ultrasonico.

Tutti bevevano e commentavano, meno Gaetano. La sua espressione era così mesta che la cassiera Lola vinse la riluttanza e gli parlò:

– Vede Gaetano, lei è un brav'uomo, è un lavoratore, non ha mai dato fastidio a nessuno ma, se lo lasci dire, c'è in lei qualcosa che non funziona. In vent'anni che la conosco, non è apparso neanche un minuto in televisione. Questo suo, diciamo così, difetto di socievolezza ci fa pensare che lei abbia qualcosa da nascondere. Una superbia, o forse peggio, un difetto grave che lei non vuole mostrare. Insomma, io credo che resterà sempre solo, se non risolve questo problema.

– Grazie signora, – disse Gaetano, riconoscente fino alle lacrime – le prometto che ci proverò, e che...

– Ma quello è Pierino, l'edicolante – urlò Lola, senza neanche ascoltarlo. Sullo schermo era apparso Pierino che alla trasmissione *Torna con me* piangeva disperatamente chiedendo alla fidanzata di perdonarlo, giurando che non avrebbe più letto giornali porno né usato vibratori a nafta.

– Fa piangere anche me – disse la Lola, asciugandosi gli occhi.

Gaetano tornò a casa pieno di nuove consapevolezze e speranze. Doveva trovare il modo di apparire in televisione. Ci voleva qualcosa di particolare, di morboso, di eccitante. Ma per quanto strologasse la sua vita gli sembrava banale, noiosa e televisivamente non appetibile. Mentre così ponzava, udì in lontananza il fischio del treno e si illuminò: *il tordo!*

Gaetano era bravissimo a imitare lo zirlare del tordo, glielo aveva insegnato il padre cacciatore. Scrisse subito a *Sangue e Arena*, palcoscenico per dilettanti. Dopo una sola settimana (che organizzazione, e che emozione!) arrivò una lettera che lo convocava per il provino.

Era febbrilmente eccitato, ma decise di non confidarsi con nessuno. Chiese al collega Edoardo se poteva sostituirlo per un giorno.

– Non ci penso neanche, – rispose quello, seccato, – e poi che cosa devi fare di così importante?

– Vado a Roma per un provino televisivo – sbottò Gaetano.

– Ma potevi dirlo subito! – esclamò Edoardo. – Ti sostituisco anche tre giorni, se vuoi.

Dopo mezz'ora Gaetano entrò nel bar e capì che la notizia era già circolata. Tutti lo guardavano in modo diverso. Il barista lo salutò cortesemente. La cassiera addirittura gli disse sottovoce:

– Auguri eh... e mi saluti Davidoni, il presentatore, gli chieda se ricorda la Lola, quella che ha fatto il provino per cantare *Emosioni*.

Andò a Roma come in un sogno. Perso in vaghi pensieri e speranze, nemmeno si accorse del treno, della folla, della stazione. Quando chiese al tassista di portarlo alla Rai, quello diventò subito ciarliero e cordiale, e depositandolo davanti alla sede, gli aprì addirittura la portiera. Entrò come in trance, fu identificato, schedato e scortato da due serissimi addetti fino a un capannone, dove erano stipate decine di persone. Chi cantava, chi ballava, chi modulava pernacchie, chi ripassava barzellette, chi imitava famosi cantanti, chi era vestito da torero, da ape, da baiadera. C'erano anche tre imitatori di uccelli, ma non gli sembrarono granché.

– Speriamo – disse Gaetano. Si concentrò, chiuse gli occhi e immaginò di essere su un albero, a cantare in una notte primaverile. Si addormentò.

– Sveglia, – lo destò una voce autoritaria, – è l'ora del provino; i tre tenori al Teatro Uno, i ballerini di flamenco allo Studio Due, i due Michael Jackson al Tre e gli uccelli al Teatro Quattro. – Entrò nel teatro, e salutò. Davanti a lui, sul palcoscenico semibuio, c'erano alcune persone dietro a un tavolo. Si sedette emozionato, gli sembrava di essere tornato a scuola.

Lui era l'ultimo degli esaminandi.

Il primo era un altro tordo, ma era rauco e stonato.

Il secondo era un merlo, ma non aveva fiato.

Il terzo nemmeno si capiva che volatile era, fischiava come una caffettiera e faceva proprio pena.

Fu il turno di Gaetano.

E cantò: dapprima era un po' emozionato e non riusciva a fare i toni alti, poi dispiegò la voce e modulò una serie di trilli melodiosi, salì di un'ottava e finì con il richiamo d'amore. Gli venne così bene che ai finestroni del teatro si affollò un frullare d'ali.

– Bravo – disse qualcuno. Con un brivido Gaetano riconobbe la voce del celebre Davidoni. – Proprio bravo quest'ultimo. Scegliamo il penultimo.

– Ma come!... – protestò Gaetano.

– Le spiego, – lo confortò l'assistente, accompagnandolo fuori, – lei è troppo bravo, noi invece abbiamo bisogno di un concorrente penoso, che la gente possa deridere e fischiare. Se no che *Sangue e Arena* sarebbe?

– Ma io posso riprovare... posso fare il tordo stonato, se volete.

– Mi dispiace, il provino è finito – tagliò corto l'assistente.

Quando Gaetano tornò, non ebbe bisogno di parlare con nessuno. Il volto cupo, gli occhi bassi, mostravano chiaramente la sua sconfitta. La cassiera scosse la testa. Il barista lo guardò con malcelato disprezzo. Alle sue spalle, sentì battutacce e sospiri di commiserazione. Un bambino gli tirò dietro una lattina di birra e scappò.

Quella sera al bar c'era festa grande. C'era un *Blob* sportivo, e già si sapeva che sarebbero riapparse le storiche immagini della Lola con una tetta rossa e l'altra blu. Il locale era stipato fino all'inverosimile. Gaetano si presentò, ma all'entrata l'ex pugile Clodoveo lo bloccò col torace a due piazze e ghignò:

– È tutto pieno, per te non c'è posto.

Per te non c'è posto. Queste terribili parole risuonarono a lungo nella testa di Gaetano, mentre camminava nella notte. Era chiaro che se non riusciva subito a conquistare il suo minuto di notorietà, la sua vita sarebbe stata un inferno. Non poteva aspettare ancora, ci voleva una scelta eroica. Così, con un'espressione risoluta negli occhi, preparò il suo piano. Andò a casa, prese il fucile da caccia, e telefonò alla sede regionale della Rai.

– Tra cinque minuti alla trattoria Mattarello avrà luogo una rapina. Intervenite, sarà un grande spettacolo. Sangue e ragù! Un amico. – E riattaccò.

Corse alla trattoria e si appoggiò al muro, col cuore in gola e il fucile nascosto sotto il cappotto. Ma non scorse traccia di telecamere, né di auto Rai. Aspettò mezz'ora, un'ora, invano. Stava già per ritelefonare, quando vide sopraggiungere due sontuose limousine. Dalla prima scese nientemeno che Wilma Valzer, l'Oca d'Italia, con le abbondanti forme insaccate in una bendatura di seta color würstel. La accompagnavano quattro uomini di scorta, e due operatori con telecamera. Wilma era la nipote del proprietario del Mattarello, e una volta all'anno si recava a salutare lo zio per ricordare a tutti che anche lei era del popolo, nonché per mangiare i "tortelloni giganti alla Wilma", una ricetta speciale con ricotta e siliconi.

Era davvero il massimo che Gaetano potesse sperare! Già immaginava il titolo. *Postino folle cerca di rapinare Wilma Valzer.* Apertura di tutti i telegiornali! Beh, forse gli sarebbe costato qualche anno di galera, ma una volta uscito avrebbe goduto la stima e l'amicizia di tutti. Sperava solo che la reazione della scorta non fosse troppo violenta, poiché, ovviamente, non aveva nessuna intenzione di portare a termine la rapina. Emozionato si pettinò, sforforò la giacca, aggiustò il colletto della camicia e fece irruzione col fucile puntato urlando:

– Fermi tutti, questa è una rapina!

(L'ho detta bene, pensò soddisfatto.)

Ci fu un momento di silenzio, poi si levò un coro di risatine.

– Ah, è quella trasmissione di scherzi, come si chiama? – chiese una donna al marito.

– Bravissimo però quell'attore, – disse il marito – sembra vero!

– Ciao nonna, sono in televisione, mi vedi? – gridò un bambino, salutando con la mano.

– Da Nerio la migliore pizza, chiuso il lunedì – gridò un avventore, approfittandone subito per farsi pubblicità.

Solo la Wilma non rideva. Parlottava con la scorta. E il capo della scorta, un omaccio grande due volte Clodoveo, si avvicinò a Gaetano e disse:

– Che, sei della Rai?

– No, io veramente lavoro in proprio – balbettò Gaetano.

– Beh, guarda che la signorina ha l'esclusiva di riprese con Canale Cinque, perciò fuori dalle palle tu e le tue telecamere nascoste, se no vi sfascio tutto.

– Ma io sono un vero rapinatore! – protestò Gaetano.

– Basta, – ruggì l'energumeno – guai a chi riprende la signorina Wilma senza autorizzazione, fuori di qui!

– Mani in alto! – urlò Gaetano. – Chi si muove è perduto!

E infatti rimase fermo a prendersi tanti di quei cazzotti e schiaffoni che perse il conto, e svenne.

Quando riprese i sensi era disteso sul marciapiede, con la faccia gonfia e il fucile rotto al suo fianco. Tutto intorno era buio. L'insegna della trattoria era spenta, e così le luci del bar. Vagò fino all'alba, finché prese la decisione di farla finita. Ora al bar lo avrebbero disprezzato ancora di più. Era stato in un ristorante vicino a Wilma Valzer, l'occasione della sua vita, e non era riuscito a farsi riprendere neanche un secondo, anzi si era fatto riempire di botte. Sì, il suo destino era maledetto! Lui non sarebbe mai stato come gli altri.

Salì le scale, aprì la porta di casa, diede un'ultima volta da mangiare al pesce rosso, salutò le scarpe da calcio e il poster di Sharon Stone, e uscì sul terrazzo.

Era un'alba fredda e rosea. Respirò una bella boccata di gas di scarico e volò, cantando come un tordo, giù dal terzo piano.

Dopo un lungo, fluttuante buio, aprì gli occhi. Il paradiso (o l'inferno) era pieno di telecamere e camici bianchi. E soprattutto anche nell'aldilà c'era la cassiera Lola, che lo guardava sorridente.

– Ho grandi notizie per te, Gaetano, – trillò Lola, – sei paralizzato completamente, ma sei l'uomo più celebre della città!

Com'era accaduto? Vedendolo vagare così disperato, Lola e il barista avevano fiutato lo scoop giornalistico. Erano corsi al bar a prendere la telecamera superotto. Dopo averlo visto salire in casa, avevano aspettato pazientemente e il loro intuito era stato premiato. Avevano filmato il volo di Gaetano dal terrazzo, vincendo il primo premio di *Ultimo secondo*, concorso televisivo per teleamatori.

La caduta di Gaetano, al ralenti, o riprodotta al graphic-computer, era stata diffusa ripetutamente su tutti i canali principali con commento di medici, psichiatri, e anche del campione italiano di tuffi Piomba. Il caso dell'"uomo-che-voleva-morire-perché-non-riusciva-ad-andare-in-televisione" occupò per una settimana il cuore pulsante dell'universo telegiornalistico, e il dibattito fu feroce e ribollente di accuse e autodafé. Il bar si saziò di ore e ore di Gaetano, degente, volante o infante nelle foto scolastiche, e tutti furono intervistati a sazietà.

In questa storia potete scegliere tre finali:

a. Gaetano riprese l'uso delle braccia. Sulla sedia a rotelle scrisse il libro *La mia vita prima e dopo* e condusse una trasmissione per aspiranti suicidi su una Pay Tv.

b. Gaetano rimase paralizzato, ma tutti i giorni venivano a trovarlo un sacco di amici, ingrassò fino a duecento chili e imparò il cinese e il curdo.

c. Dopo una settimana, nessuno si ricordò più di Gaetano, che finì come un vegetale nel reparto più oscuro di un brutto ospedale, con una televisione sempre accesa a un metro dagli occhi.

L'INCAZZATO DA BAR

Quest'uomo è il prodotto di due diffuse malattie moderne: il protagonismo e l'intossicazione da chiacchiere. La sua presenza nel bar è uno degli eventi più funesti che possa turbare la vostra giornata. L'incazzato entra torvo, a testa china, con un sospiro ostentato, e si dirige verso il bancone dove assume la postura incazzata, cioè: gomito appoggiato ad angolo retto, corpo lievemente dondolante orientato verso i frequentatori, occhi socchiusi alla ricerca della prima vittima.

Il discorso sarà, all'inizio, blandamente lamentoso e collegato per lo più alla situazione climatica. È troppo caldo, è troppo freddo, piove troppo, non piove, c'è smog nell'aria, c'è odore di ozono, c'è scirocco. Qualsiasi tipo di tempo è inadatto all'incazzato e sottolinea la sua inadattabilità al mondo e ai suoi nascosti organizzatori.

A questo punto qualcuno gli ha già cortesemente risposto, scambiandolo per un normale meteoropatico. Ma l'incazzato ha già pronta la sua escalation: ordina un caffè, che farà poi raffreddare per potersene lamentare, e lancia uno dei seguenti messaggi criptati:

1. Ah, andiamo bene... (pausa).
2. Ah, dovevamo vedere anche questa... (pausa).
3. Io mi chiedo se si può andare avanti così... (pausa).
4. Io vorrei sapere come ragiona la gente... (pausa).

L'incazzato possiede una cinquantina di queste frasi generiche, tutte atte a carburare la sua incazzatura. La pausa invece gli serve per vedere quali sono i soggetti che reagiscono. E a questi subito si rivolge.

Con chi è incazzato?

Difficile dirlo. Con "quelli là" con "i soliti" con "lei sa bene di chi parlo", forse il governo, forse l'opposizione, forse i vigili, forse gli americani, i padroni di cani, i capostazione o un allenatore di calcio. La sua incazzatura è così globale e pervasiva che può passare da un obiettivo all'altro nella stessa espirazione di fiato. Esempio:

"Ci tassano, ci tassano, le strade sono piene di buchi e ci vorrebbe niente a ripararli ma si sa che certa gente non va mai in galera e gli allenatori hanno i loro preferiti, del resto per ritirare una raccomandata ci vogliono tre ore di fila, e chi paga?".

Oppure:

"I controllori di volo guadagnano dieci volte me, ma io devo pagare la tassa sui rifiuti anche per la spazzatura che fanno i marocchini, e per avere un idraulico o una TAC devo far domanda su carta bollata, e lo sa anche lei che da noi ormai comandano le donne e le auto blu, alla fine, chi le paga?".

Idee politiche dell'incazzato

Quasi impossibili da stabilire. La sua ideologia ringhia e saltella su un ring che comprende razzismo e paternalismo, estetica nazista e repulisti staliniani, buonsenso e guerriglia, non nominando mai i nemici per nome ma chiamandoli appunto "quelli là" o vaporizzandoli in un vortice di insulti. Il suo odio indistinto è rivolto verso ogni forma di vita amministrativa, sociale e animale (ad esempio i cassieri degli sportelli e i ragazzi che vanno in discoteca, i cani che sporcano per strada). Perciò è difficile attribuirlo a uno schieramento politico, anche se ha i suoi amori, che sono per lo più beceri televisivi, tiranni del passato e chiunque abbia usato il mitra in maniera seriale.

L'etica dell'incazzato

Quali valori sorreggono l'incazzato? Altro mistero da svelare. Se si esamina infatti la complessa struttura delle sue rimostranze si scoprirà che:

a. stigmatizza l'evasione fiscale ma si vanta di non pagare le tasse;

b. odia il traffico caotico e gli ingorghi autostradali ma ha tre macchine e guida come un invasato;

c. ce l'ha a morte con i "viados" ma due volte alla settimana "va a vedere quello schifo" e torna a casa alle sei di mattina;

d. odia i drogati ma mette sette pillole diverse nel Fernet;

e. disprezza la televisione ma la guarda quattordici ore di fila;

f. odia la ressa e la gente ma si infila a Riccione ogni agosto;

g. dice che l'aria ormai è irrespirabile ma è titolare di una ditta di vernici che intossica tutto il quartiere;

h. dice che lo sport è violento ma va allo stadio armato come un unno.

E così via. Dal che si deduce che l'etica dell'incazzato consiste nell'aumentare in continuazione i motivi per cui è incazzato, contribuendo attivamente ad alimentare ciò che poi lo farà incazzare.

Come si parla con l'incazzato?

Il dialogo con l'incazzato è difficile. *Primo* perché il Nostro, proprio come l'incazzato televisivo, ama soprattutto il suono della sua voce, *secondo* perché non è facile dialogare con chi è pronto a sostenere posizioni diverse nell'arco di tre secondi.

Non a caso tra i suoi nemici ci sono:

a. quelli che non lavorano e non fanno un cazzo tutto il giorno;

b. quelli che lavorano come buoi e portano via il lavoro agli altri;

c. quelli che non pagano mai le tasse;
d. quelli che pagano come pecoroni e stan sempre zitti;

e. quelli che la fan sempre facile;
f. quelli che la fan sempre complicata;

g. quelli che han sempre la macchina sotto al culo;
h. quelli che vorrebbero piantare le margherite in autostrada.

E così via. Tenete inoltre presente che l'incazzato è abilissimo in artifici retorici e sterzate semiotiche, atti a impedire che la sua incazzatura debba rassegnarsi alla dialettica.

Esempio uno:
Incazzato: Perché in Italia ci vuole il doppio di tempo per fare tutto!
Interlocutore: Certo, ci sono cose che si potrebbero fare con la metà di tempo.
Incazzato: Non dica sciocchezze, l'importante non è fare le cose in metà tempo, ma farle bene, se tutti ragionassero come lei...

Esempio due:
Incazzato: Perché io ce l'avrei la soluzione ai problemi del traffico, tutti senza macchina!
Interlocutore: Giusto, infatti io non ce l'ho.
Incazzato: Ma scusi signore, se lei non ce l'ha, perché deve parlare a nome mio che ce l'ho? Se tutti ragionassero come lei...

In questa prima fase acuta, così detta dell'erezione, l'incazzato accumula un forte potenziale di ulteriore incazzatura. Brandendo giornali e stritolando patatine passa allora alla fase orgasmica, che è annunciata dal grido:

So io cosa ci vorrebbe!

Frase accompagnata da un rumore di tuono e un gesto minaccioso in direzione dell'orizzonte.
Quello che ci vorrebbe è ad esempio:

a. una bella ruspa che tira giù tutto e alé, sgombero;

b. un bel plotone d'esecuzione, sotto uno, avanti un altro, e facciamo pulizia;

c. una bella bomba, e tanti saluti (riferito talvolta ai politici, talvolta come soluzione al problema del terrorismo);

d. ci vorrebbe uno coi coglioni (gesto);

e. ci vorrebbe fare le cose come le fanno nei paesi dove le cose funzionano (paesi non specificati).

Non sempre lo sfogo irato risolve la contraddizione di base: perché, come detto prima, l'incazzato non è sempre coerente con la sua indignazione.

Esempi di dichiarazioni rilasciate dall'incazzato a distanza di pochi minuti.

Ore 18,03: Ma io dico, quanti ce ne sono di questi maledetti passi carrai, e poi cosa ci tengono lì dentro, una macchina o un tesoro?

Ore 18,10: ...io se trovo uno che mi blocca il passaggio dell'auto quando devo uscire la mattina c'ho un cacciavite al tungsteno che si ritrova la carrozzeria rococò.

Ore 18,40: ...io quelli che van forte in città che ci sono i bambini che attraversano gli toglierei la patente tutta la vita e li metterei in una stanza coi padri dei bambini coi randelli chiodati.

Ore 18,52: ...io quelli che in città ti si piazzano davanti a quaranta all'ora gli toglierei la patente tutta la vita e li chiuderei in una stanza con tutti quelli che arrivano in ritardo coi randelli chiodati.

La versione più mirabolante dell'incazzato io l'ho osservata, una volta, in un bar.

Davanti al bar era posteggiata una Panda rossa che bloccava il passaggio dell'autobus, tutti i passeggeri inveivano e dietro s'era formata una fila d'auto di un chilometro.

– Il traffico in questa città è un inferno, – ruggiva l'incazzato, – i vigili sono sempre nei posti dove non servono e se "quelli là" non si danno una mossa presto la gente si sparerà dai finestrini.

Dopo un quarto d'ora, metà dei passeggeri era entrata

nel bar, qualcuno telefonava a casa perché venissero a prenderlo in elicottero, e il rumore di clacson aveva raggiunto tonalità da stadio. L'incazzato stava litigando a morte con gli astanti sui piani di traffico tedeschi e sull'utilità delle ganasce, quando è entrato nel bar un uomo gigantesco che aveva divelto il volante e lo roteava sul capo, urlando:

– Di chi è quella Panda rossa in mezzo ai coglioni?

A questo punto l'incazzato ha tirato fuori le chiavi di tasca e con un sospiro annoiato ha detto:

– Ma che cazzo, non si può neanche prendere un caffè in santapace! – Dopodiché ha guardato irosamente la calca e ha dichiarato:

– Io la gente nevrotica che ha tutta questa fretta la manderei dieci anni a lavorare in Messico che là per avere un caffè lo devi prenotare il giorno prima...

Ed è sparito sulla Panda rossa.

CRONACA MONDANA

Festa grande ieri sera al Give Me More, il locale più amato dai Vip della città, per festeggiare i cinquant'anni del proprietario, il noto Frank Draghi, animatore delle notti internazionali, rubacuori, rallysta e disc-jockey. Frank si è presentato in forma strepitosa, abbronzato e tirato come un trentenne dopo un riuscito lifting a Saint-Moritz. Al suo fianco l'ultima fiamma, la top model croata Eva, una ventenne alta uno e ottantasei, recentemente inserita nel Calendario Pirelli come Miss Luglio.

Per l'occasione sono state presentate le ultime attrattive del locale, e cioè due nuove piste da ballo. Una techno-psichedelica con luci stroboscopiche e poltrone ad acqua, e una sadomaso con divani-cactus, pavimento arroventato elettricamente e sala torture per non fumatori. Sul bancone bar, una ballerina in costume da coniglietta vendeva i biglietti della lotteria di solidarietà per Vecchi Cantanti Senza Revival. Notate le nuove bizzarrie dei gabinetti: alcuni sono in vetro trasparente, in altri tirando lo sciacquone si odono le note di *Indiana Jones*.

Festa grande ieri sera al Dam da Bevar, la bocciofila più frequentata della città, per festeggiare i cinquant'anni del proprietario, Cecco Draghetti, animatore delle notti cittadine, più volte arrestato per furti di stereo. Cecco si è presentato in buona forma, pallido e tirato come un settantenne dopo una riuscita operazione d'ulcera al San Camillo.

Al suo fianco, l'ultima fiamma, la top model Eva, una ventenne di ottantasei chili, recentemente inserita nel Carnevale di Cento come Miss Puffo.

Per l'occasione sono state presentate le ultime modifiche al locale: due nuove piste da bocce insonorizzate per bestemmiatori. Il bancone bar era abbellito dal primo premio della riffa, un coniglio di peluche grande come una betoniera. Notato l'ammodernamento dei gabinetti: la carta igienica non è più collettiva e le scritte porno sono state incorniciate.

Give Me More

Notati tra gli altri: il vicesindaco dell'Ulivo Bertuzzi, reduce dallo scandalo da dodici miliardi dell'aeroporto. Al sua fianco la moglie Nora, elegantissima in un lamé nero che lasciava audacemente scoperte le spalle. Assai fotografata l'attrice Viviana Pera col suo nuovo compagno, il regista Bill Ylverson. Viviana ha dichiarato ai giornalisti presenti che non farà mai più film osé, ma solo testi di autori seri come Gadda, Čechov e Pocket Book.

Chiassoso e vivace il gruppo dei giovani leoni, guidato dal conte Leopoldino Paramecio de Briant e dal fratello Gaddo, reduci da una notte brava in autostrada, dove si erano divertiti a spruzzare di brut le auto in corsa. Al loro fianco la marchesina Isabella D'Archemond, promessa sposa di un petroliere americano. Tra gli intellettuali, notato il presentatore televisivo Gambuto con la giornalista Laura Valzan e lo scrittore e critico Damiano che indossava uno smoking con fascia recante la scritta "Quarantadue giurie in un mese".

Per finire, grande emozione ha suscitato l'entrata del Vecchio Maestro, il regista porno-splatter-rococò Jerry Pompero, su una sedia a rotelle che ricordava la famosa sedia di vimini di Emanuelle.

Pompero, che parla ormai solo se gli fanno vedere un

microfono, si è detto molto lieto di essere nuovamente a Cannes, e si è subito diretto verso il buffet dove ha chiesto di metterlo a bagno nella sangrilla.

Dam da Bevar

Notati tra gli altri: il sindaco dell'Ulivo Bertoloni, appena uscito dallo scandalo del viaggio aereo Milano-Roma in business class. Al suo fianco la moglie Tatiana, elegantissima in mini-lamé nero che lasciava coperte solo le spalle e tutto il resto all'aria. Sorrisi e battute per la nota passeggiatrice Pamela col nuovo protettore Victoire. Pamela ha informato i presenti che non lavorerà mai più all'aperto sui viali, ma solo all'interno della sua auto, una Panda parcheggiata in piazza Manzoni.

Chiassoso e vivace il gruppo dei giovani stronzi, capeggiato da Pino e Paolino reduci dal rogo di tutti i cassonetti dell'immondizia del quartiere. Al loro fianco la sorella Ginetta, che dicono incinta del benzinaio.

Tra gli intellettuali notato il direttore delle elementari Saverio con la maestra Gardini e il professore di ginnastica Mattoloni in maglietta con la scritta "Vigor la palestra Vip".

Per finire, grande emozione ha suscitato l'entrata del Vecchio Maestro, l'ex campione italiano di bocce Pifferi, su una sedia a rotelle con damigiana di vino a doccia. Pifferi, che parla ormai soltanto se gli fanno vedere un culo, si è detto molto lieto di essere tornato dal Fronte, e si è diretto al buffet, dove ha bevuto quindici Campari in apnea.

Give Me More

I buttafuori del locale, eleganti e nerboruti ragazzi della palestra Veneroni, hanno avuto qualche problema per tener lontana la massa dei plebei curiosi che si accalcava. È volato qualche schiaffone, ma niente di più.

Dam da Bevar

Il buttafuori del locale, il laido e viscido Gildo, ha cercato con inviti molto pesanti di far entrare due signorine in attesa alla fermata dell'autobus. È volato qualche schiaffone, ma niente di più.

Give Me More

A mezzanotte la festa è entrata nel vivo, grazie ad alcuni eccitanti fuoriprogramma. Il noto calciatore Rondanini, seduto al fianco di una misteriosa bionda, si è infastidito per i continui flash di un fotografo, e gli ha distrutto a calci l'obbiettivo. Intanto in mezzo alla pista la contessa Carabelli improvvisava uno strip tra l'entusiasmo dei presenti, rimanendo in slip e reggiseno di leopardo.

Una leggera tensione si è avvertita quando è entrato il giudice Falivena con due agenti. Si pensava a una soffiata su un giro di cocaina. Ma il giudice era solo venuto a bere un drink con Frank Draghi, suo vecchio amico e partner di offshore. Alle due, spaghettata per tutti e karaoke.

Dam da Bevar

A mezzanotte la festa è entrata nel vivo, animata da alcuni incidenti. Il noto bocciatore Biondi, infastidito da uno spettatore che lo deconcentrava facendogli il rumore dello scorzotto, ha centrato il disturbatore con una precisa bocciata in un occhio. Intanto a centro sala sua moglie, la formosa Eleonora, durante un twist in abito attillato ha fatto esplodere la cerniera. I dentini della zip hanno ferito in modo non grave una quarantina di persone, mentre la signora restava in sottoveste, non si sa se leopardata o macchiata di sudore. La signora è stata subito galantemente coperta dai presenti coi loro vestiti, operazione per la quale sono state necessarie nove giacche.

Momenti di tensione all'apparire del brigadiere della Finanza Maselli, che si aggirava tra i tavoli, pare alla ricerca di yogurt scaduti. Invece il brigadiere era solo venuto a salutare l'amico Draghetti, suo partner di bicicletta. Alle due, spaghettata per tutti e karaoke.

Give Me More

Sul tardi, quando i veri Vip cominciavano ad affluire, Frank Draghi ha radunato alcuni intimi nella sala privé per un filmino "particolare" di qualche anno fa. Pare che nella pellicola si vedesse un noto uomo politico fare acrobazie erotiche con due minorenni, poi diventate dive di successo. Intanto nella sala grande scoppiava una rissa tra il deputato Caramella e il senatore Smargiassi al grido di "ladro, cosa ci fa lei qui?". Anche se i motivi potrebbero sembrare ideologici, alla base della lite ci sono strani giri di quadri falsi, e soprattutto la proprietà di un Picasso rubato.

Dam da Bevar

Sul tardi, quando tutti stavano andando a letto, Cecco Draghetti ha radunato gli amici fidati nella saletta privé per un filmino "particolare". Pare che si trattasse di un superotto sul ritorno in corriera da una gita aziendale ambosessi a San Marino. Intanto nella sala grande scoppiava una rissa tra il macellaio Porzio e il fornaio Bisacca al grido di "ladro, lei cosa ci fa qui?". Anche se poteva sembrare una storia di rivalità commerciale, alla base di tutto c'è il possesso della bellissima Paloma, una cagnetta da tartufi che i due hanno acquistato in comproprietà.

Give Me More

La serata è finita con un velo di tristezza. Forse il Give Me More non è più il posto Vip della città. Lo incalzano locali sempre più estremi come il Revival, con la sua atmosfera ispirata ai lager nazisti, il Ronda solo per nordici puri, il Sanremo per sinistrorsi pentiti e soprattutto il Cocoloco, in cui si dice che si tengano sacrifici umani.

Dam da Bevar

La serata è finita con un pizzico di malinconia. Forse la bocciofila Dam da Bevar non è più il posto più eccitante della periferia. Lo incalzano locali sempre più moderni come la Sala Videogiochi Tokyo con le bocce virtuali e la Caccia all'Indio elettronica, e soprattutto l'Autogrill Pavesi, dalla cui terrazza si possono bombardare con sassi ben otto corsie dell'autostrada.

COME AMEDEO COMBATTÉ CONTRO IL BOOZ

"Il videogame o gioco elettronico è sicuramente una delle novità culturali più rilevanti nel settore svago e spasso del bar: la sua comparsa è pari, per importanza, a quella del Biliardo, del Juke-Box e del Flipper. Ma il suo inserimento nel tessuto ludico-baristico è stato più traumatico e la frattura epistemologica più netta." Così dice il famoso filosofo da bar René Tombolini, morto l'anno scorso in una rissa dopo una morra.

"Il videogame," prosegue il Tombolini, "accentua la tendenza prevalente di questa fine secolo, e cioè lo slittamento dell'offerta di variabili tecno-aleatorie verso aree giovanili con progressiva emarginazione e musealizzazione del *ludus* senile."

In parole povere, si pensa sempre di più a giochi per giovani, che richiedono riflessi, lucidità e dominio delle lingue, mentre agli anziani vengono riproposte sempre le vetuste bocce, stecche e carte. Se il biliardo, infatti, non ha limiti di età, se il juke-box ha un apposito settore revival, e se anche un anziano può accostarsi a un flipper una volta spiegatagli la differenza tra tilt e ictus, il videogame comporta "un gap generazionale-neurologico non colmabile con un parziale adattamento al segmento simbolico". (Citiamo sempre il Tombolini.)

Ecco perché, nei bar di tutto il globo, i primi videogame ebbero accoglienza contrastata: troppo rumorosi, si diceva, anche se una videobattaglia contro gli alieni non sparge più decibel di un litigio tra giocatori di tressette o di un orgasmo di flipperista.

La verità è che i rumori elettronici erano nuovi e inquietanti, rispetto al lento brontolio e schiocco delle boccette, e alle già note scampanellate del flipper. Dal videoscatolone in fondo alla scala uscivano conati elettronici, esplosioni, gemiti, musiche arcane, e questo turbava i clienti più anziani.

C'erano casi di persone che si alzavano dalle sedie sentendosi chiamare, o fuggivano urlando "i tedeschi!", o convocavano d'urgenza un'ambulanza. E soprattutto le musichette, ossessive e di non eccessiva originalità, mandavano in bestia più di un avventore. Ma a tutto ci si abitua, come testimonia la storia di Amedeo, il vendicatore di Vega.

Il signor Amedeo Passarini, pensionato di anni settanta, detestava ferocemente i videogame. Nei primi anni in cui fu tentata la videocolonizzazione del Bar Calimero, ne sabotò ben tre, per motivi diversi.

Il primo gioco, *Pacman*, emetteva una musica fastidiosa e monotona. Nonno Amedeo, che aveva un passato di elettricista, provocò un corto circuito con incendio, e diede l'allarme "al fuoco" quando del videogame non era rimasto che un rottame fumante.

Il gioco *Air Battle*, con bombardamenti aerei, ricordava tristemente ad Amedeo le notti trascorse nel rifugio. Fu distrutto mediante impeciatura dello schermo e dei comandi, operazione di laboriosa attuazione ma di devastante efficacia.

Riguardo al terzo gioco, *Street Combat*, in cui le urla dei lottatori dentro e fuori lo schermo superavano livelli da stadio, nonno Amedeo sabotò prima l'audio, poi distrusse il monitor con un'ascia da pompieri. Rimproverato dal proprietario rispose di avere agito così perché "credeva che dentro ci fosse qualcuno che si faceva male".

I ragazzini del quartiere vennero a sapere del Vecchio Pazzo Distruttore di Videogiochi, e smisero di frequentare il bar. Perciò quando arrivò il nuovo gioco *Space Vega Queen* (la regina spaziale di Vega) nessuno si avvicinò.

Ma il destino era in agguato nelle giovani sembianze del nipote di Amedeo, Passarini Nicola di anni nove. Nicolino era il prediletto del pensionato, e alla sua tenera età era già provetto in ogni attività computeristica, videoludica e internetica. Quando nonno Amedeo lo portò al bar per il gelato, notò lo sguardo bramoso rivolto a *Space Vega Queen*. Tanto era l'amore per il nipote che si disse disposto a pagargli una partita.

Nicolino però gli spiegò con un sospiro che quello era un videogame appassionante, ma con un difetto di fabbricazione.

– Vedi nonno, – gli disse – il gioco ha per protagonista Bileman, un ometto giallo, detto il guerriero limoncino, che è armato del mitra tarocco e della spada mandarina. L'avventura ha cinque livelli: nel primo livello bisogna attraversare la palude di Vega eliminando le rane bavose e i rospi sparamerda. E fin qui è facile. Poi si va nel deserto vegano, dove bisogna distruggere i vermi delle sabbie, i guerrieri porcosauri e il loro Re Big Pig, che va seppellito a cazzotti nella sabbia. Nel terzo livello Bileman vola nello spazio schivando gli asteroidi fino a raggiungere il pianeta dei Dodici Bananoni, che bisogna distruggere senza scivolarci sopra, sbucciandoli a spadate. Ma ecco il difficile: nel quarto livello si arriva, tra ponti sospesi e agguati di condor, alla reggia della principessa di Vega, una gran videognocca chiusa in gabbia dal malvagio Re Zamrang. Si deve scalare la montagna stregata evitando l'Orsobruco e i Macigni Musicali, per raggiungere l'ultimo livello, cioè la grotta sacra. Ma il guardiano della grotta è il grande Booz. Il Booz è un mostro verdastro, brufoloso e viscido che bisogna colpire duemilacinquecento volte in un minuto, se no ti mangia. Ma evidentemente c'è stato un errore del programmatore, perché il grande Booz può essere colpito solo duemila volte al minuto. Non c'è dito al mondo che possa premere il tasto di sparo a velocità superiore: perciò ogni giocatore si ferma al quarto livello e il povero Bileman non ha mai raggiunto l'amata principessa. Questo gioco è la vergogna della ditta che lo ha prodotto, è stato ritirato dal commercio e se ne trova qualche esemplare solo nei posti più derelitti e isolati, dove nessuno ci gioca.

Non capisco proprio cosa ci faccia qui – concluse meditabondo Nicolino.

– Mah – disse nonno Amedeo, facendo lo gnorri.

– A volte, – concluse sconsolato il bambino – anche la tecnologia sbaglia, e bisogna rassegnarsi.

– Ma l'artigianato non si arrende mai, nipote mio – disse Amedeo con una strana luce negli occhi.

Iniziò così la misteriosa trasformazione di nonno Amedeo. Un giorno il barista udì provenire dalla sala dei videogame un infernale frastuono elettronico, e trovò il pensionato che si esercitava al gioco.

– Sei pazzo! – lo ammonì il barista. – Non è roba per te.

– Mi piacciono i colori – rispose secco Amedeo.

In effetti, trovò che spiaccicare le rane bavose e i rospi sparamerda era abbastanza divertente, anche se per molti giorni non riuscì ad andare oltre il primo livello. Il barista sospettò qualcosa di strano quando lo avvertirono che Amedeo era andato in banca col libretto al portatore, e aveva ritirato un milione in monete da cinquecento.

La sera stessa Amedeo si drogò con due Fernet e scomparve nella sala, dove iniziò a pestare sui videotasti come un pianista rock. In pochi giorni era già al terzo livello, e il suo grido "te l'ho messo in culo maledetto porcosauro!" iniziò a disturbare i clienti, alcuni dei quali chiesero se non era il caso di convocare un medico.

Nonno Callisto disse che quello era sicuramente un rimbambimento con revival di eros infantile, e relativo desiderio di smanettare qualcosa.

Il rappresentante Carota disse che c'era stato un caso analogo nel Sud Italia, dove un novantenne era impazzito giocando ossessivamente a *Shot the Duck* (spara all'anatra) e aveva distrutto a fucilate due pollerie.

Il medico Abalone disse che non poteva continuare così, e presto il fisico di Amedeo avrebbe ceduto.

Intanto però il pensionato era già al terzo livello e sbucciava Bananoni con tale abilità che alcuni ragazzini della zona vennero ad ammirarlo. Quando poi si sparse la voce che Amedeo era già a metà della montagna stregata, e stava combattendo con l'Orsobruco, si creò un piccolo pubblico. Pubblico che assommava ormai a cinquanta minorenni, quando Amedeo si trovò per la prima volta davanti al grande Booz.

Fu un incontro drammatico: il Booz era un incrocio tra una merda di mucca e un panettone vomitato. Quando vide Amedeo sbavò oscenamente e disse con voce cavernosa:

– Di qua non passerai, terrestre!

– Lo dici tu, prepotente – disse Amedeo, che aveva grandi doti di immedesimazione.

Il combattimento durò pochi minuti, e il Booz divorò il guerriero limoncino, cioè Amedeo, senza alcuna difficoltà, lanciando una risata di scherno.

Amedeo giocò un mese intero, spendendo quasi tutta la pensione e gonfiandosi il dito, ma fu battuto ogni volta. Nicolino aveva detto il vero: per quanto veloci si potesse essere, non si poteva distruggere il Booz!

Amedeo scomparve dal bar. I suoi giovani fan chiedevano invano notizie. I vecchi amici supponevano che, per la delusione, non volesse vedere più nessuno. A una certa età, le sconfitte pesano.

Intanto il videogame si copriva di polvere e veniva usato per lo più come appoggio di lettura. Qualcuno cominciò a preoccuparsi dell'assenza del pensionato, ma una spedizione di controllo a casa Passarini riferì che Amedeo era stato visto entrare e uscire dal garage condominiale dopo aver effettuato acquisti presso numerosi negozi di ferramenta della zona. Dall'interno del garage venivano rumori di martello e di fresa, lampi di saldatrice e bestemmie a mezza voce. Amedeo si consolava della sconfitta cibernetica col lavoro manuale, forse riparazione e montaggio di biciclette, motocicli o affini. Inoltre aveva annunciato a Nicolino una "grossa sorpresa" entro la fine del mese. Un tandem? Un sidecar? Ma la sorpresa ci fu davvero quando, un sabato pomeriggio, Amedeo si ripresentò al bar portando sull'Apecar un misterioso macchinario coperto da un telo. I suoi occhi brillavano di sovrumana eccitazione. Indossava un clamoroso vestito color limone, e scarpe gialle da Topolino, proprio come Bileman.

– Adesso la vedremo, – ripeteva – oh sì che la vedremo!

La notizia dell'improvviso attacco di follia del vecchio radunò subito una folla di curiosi. E davanti agli occhi di tutti, Amedeo scoprì trionfalmente la sua invenzione, annunciandola al mondo.

Si trattava del:

SUPERPICCHIOTRIVELLA

Ovvero:

Prototipo a nafta "Hot Head".

Ovvero:

Sistema Passarini-Landini-Wupperthal per ausilio meccanico ad attività ludiche manuali.

Ovvero:

Stracciaculo-di-Booz.

La macchina era così composta: un motore da trattore Landini 500 "Testa Calda" con avviamento a fiammata di gas azionante un albero a camme dotato di martelletto Wupperthal al tungsteno che Amedeo collocò perpendicolarmente al pulsante rosso del videogame, quello con cui si sparava. Tra il martelletto e il tasto c'era spazio sufficiente perché Amedeo potesse iniziare manualmente il gioco, dopo aver dato al nipote misteriose istruzioni a bassa voce.

Sotto gli occhi di una folla dapprima attonita, poi sempre più convinta, Amedeo diede inizio alla partita: il guerriero limoncino distrusse in breve tempo le rane bavose e i rospi sparamerda spiaccicandoli in diversi punti dello schermo, e accompagnando ogni omelette di batrace con un *Olè!*

Indi distrusse duecento vermi e altrettanti porcosauri, e conficcò nella sabbia il re Big Pig in assoluta souplesse, sorseggiando addirittura un aperitivo. Agli astanti lanciava ogni tanto degli sguardi da primadonna, come a dire "il bello deve ancora venire!".

Il terzo livello fu affrontato in un clima di tifo quasi calcistico, e i Bananoni vennero sbucciati uno dopo l'altro. Si salì al quarto livello e apparve sullo schermo la principessa di Vega, in bikini argentato e tette fosforescenti, accolta da complimenti in dialetto, in lingua e in simil-inglese. Il guerriero limoncino schivò con grande perizia i Macigni Musicali e scalò la montagna. Ed ecco che lo attendeva, all'entrata della grotta, il grande Booz.

Un fremito d'orrore percorse il pubblico, ma lo sguardo di Amedeo non tremò. Il Booz strisciò in primo piano sullo schermo con la consueta viscida arroganza. Qualcuno giura di averlo sentito dire: "Ancora qua, nonnetto del cazzo?". Il guerriero limoncino, azionato da Amedeo, si gettò contro il Booz puntando il mitra tarocco, ma il nostro reagì bombardandolo di schizzi e lapilli. Il guerriero diventava sempre più pallido e debole, e un mormorio di delusione percorreva gli spettatori, quand'ecco che avvenne il colpo di scena.

– Adesso! – urlò Amedeo, Nicolino scaldò col gas la testata del Landini provocandone l'accensione. Si udì il rumore di dodici motociclette smarmittate e una nube di fumo nero invase la sala. Il Superpicchiotrivella partì e il martelletto iniziò a percuotere il tasto del videogame a una frequenza calcolata da alcuni tra i sei e i settemila colpi al minuto.

Durante quel minuto accadde di tutto. La gente sveniva per la puzza, la calca e l'eccitazione. Il videogame vibrava, fumava e si spostava a balzi di dieci centimetri sotto l'azione del terribile Superpicchio. Amedeo urlava insulti e incitamenti, Nicolino e i suoi amici saltavano come canguri per vedere meglio. Ma più di tutti rumoreggiava il Booz, investito da una scarica di colpi tre volte superiore a quella consentita a un dito umano. Vomitava muco, ululava di rabbia, si contorceva, muggiva, finché con un urlo amplificato e udito in tutto il rione, esplose fragorosamente schizzando brandelli (dice la leggenda) fin dentro la zuccheriera del bar.

Tra gli applausi, sullo schermo, apparve la scritta:

Ultimo livello! Complimenti, hai liberato la principessa!

Mentre una pattuglia della polizia, richiamata dal frastuono, irrompeva nel bar, il guerriero limoncino abbracciava la bella di Vega e una marcia nuziale elettronica suggellava quell'amore ritenuto ormai impossibile.

– Niente di grave, capitano, – comunicò l'agente della Volante alla Centrale – nessuna rissa o rapina. Il signor Amedeo ha distrutto il Booz.

La storia non finisce qua. Mentre nel bar si stappavano bottiglie, nella sede della ditta di giochi Videoworld Cannarella Nakamura, alle due del pomeriggio (ora della California) sul computer centrale apparve la scritta: *Booz destroyed.*

– Impossibile – gridò il Primo Manager, e subito digitò sulla tastiera: *Where?*, dove?

– Videogame nr. AG 743/143, in dotazione al Bar Calimero di Silvagni Calimero, licenza comunale 7037, Italy – segnalò il computer.

Furono convocati tutti i manager dal secondo al decimo livello, oltre allo staff che aveva ideato il gioco, attualmente addetto alle pulizie.

– Ho una grande notizia! – esclamò il Primo Manager. – L'unica macchia della nostra produzione è cancellata. L'ultimo livello del gioco *Regina di Vega* è stato raggiunto pochi minuti fa. È quindi possibile distruggere il Booz! La nostra concorrenza dovrà smettere di umiliarci con la storia del *Cesso di Vega*. Anzi, lanceremo subito un nuovo slogan pubblicitario: *Nakamura: difficile, non impossibile!*

Saltarono tappi di birra, avvamparono sigari, si gioì e si pianse. Anche i manager, talvolta, hanno un'anima.

Pochi giorni dopo, previa telefonata di avviso, al Bar Calimero faceva la sua apparizione una limousine gialla lunga come un sottomarino, da cui scese un bikini argentato avvolgente nientemeno che la regina di Vega, alias Lola Loveboy, spogliarellista di Las Vegas scelta tra milleduecento aspiranti al ruolo. La accompagnava il Primo Manager John Nakamoto Cannarella, il quale spiegò ad Amedeo che, essendo l'unico al mondo ad aver vinto il Booz, aveva vinto un premio speciale: e cioè un week-end a Las Vegas con Lola.

Amedeo ringraziò sentitamente e si inchinò, baciando la mano alla regina. Ma nel far ciò ebbe una vertiginosa visione della sua scollatura e il cuore non resse. Quel week-end non ebbe mai luogo.

Un mese dopo il videogame fu portato via, e al suo posto venne messo un ritratto di Amedeo con la scritta:

"Amedeo Passarini, pioniere del lavoro italiano, qua uccise il terribile Booz e liberò la regina di Vega, pagando con la vita il suo ardimento. Gli amici, con indimenticato affetto, posero".

Il Superpicchiotrivella, con poche opportune modifiche, diventò un ottimo infilatappi per bottiglie.

Nicolino fu assunto a Pasadena dalla Nakamoto Cannarella, e lì sta progettando il gioco *Amedeo's Revenge* il cui protagonista è un vecchietto che deve salire cinque piani di uffici per ritirare la pensione.

Alla fine di questo racconto, resta irrisolto il dubbio iniziale: i videogame fanno bene o male?

IL RITORNO DELLE VECCHIETTE NELL'ANGOLINO

Queste signore dall'aspetto innocuo stanno sedute davanti a una tazza di tè, quasi sempre a un tavolo d'angolo. Vanno sempre in coppia e indossano cappellini ornati da assemblee di amarene, portano guanti pastello e calze fumé. Ai loro piedi sonnecchiano matasse di pelo esalanti ringhietti isterici, che rispondono ai nomi di Fi-Fi, Ju-Ju e Melanie. Non fatevi ingannare dal candore delle loro dentiere e dagli aggraziati gesti da tartaruga. Sono tra le creature più infernali che si possano incontrare in un bar.

Se infatti vi avvicinate, in modo da intendere il loro quieto bisbiglio, scoprirete che gli argomenti della loro conversazione sono inevitabilmente tre:

a. malattie;
b. incidenti, dalla slogatura all'ustione totale;
c. morti e agonie in genere.

In un solo giorno le signore in questione sono in grado di passare in rassegna le sventure cliniche di un centinaio di persone. Rispetto alle protovecchiette, che parlavano di malattie con approssimazione, inquadrandole nella più vasta categoria delle Disgrazie e Punizioni Divine, le neovecchiette hanno dalla loro ore di letture e di trasmissioni televisive specializzate, nonché di frequentazioni ambulatoriali. Sono menagrame laureate: hanno la competenza di un primario e la memoria di un computer. Il loro dialogo è tutta una sinfonia d'infarti, uno sbocciare di ictus, un fiorir di diabeti, una pletora di metastasi, un tornado di operazioni fallite, femori fratturati, malori improvvisi e pressioni da record olimpico.

A forza di parlare di questi argomenti le vecchie emanano un lieve odore di medicinale o di ammoniaca. A volte vivono con tale passione la loro rassegna ospedaliera da cadere in preda ai sintomi descritti. Tossiscono citando bronchiti, soffocano parlando d'asma e nei casi più gravi alla parola "anestesia" possono anche perdere i sensi per cinque e più minuti.

Ispirate da non si sa quale oracolo, riescono a sapere le malattie non solo di conoscenti o parenti prossimi, ma anche di gente vista una volta sola, o appena sentita nominare.

Esempio (chiamiamo le due vecchine terribili Clara e Lara):

Clara – Ti ricordi lo zio di Magagnoli, il commercialista, quello con un diabete che il medico gli aveva detto che non era un uomo ma una cassata alla siciliana?

Lara – Sì.

– Beh, non era diabete, era una bella leucemia, l'han ricoverato che ormai pesava solo trenta chili, me lo ha detto la Fedora, quella del negozio di merceria, che l'ha incontrato in ospedale perché era andata a visitare la sorella che ha beccato un ictus e muove solo un dito del piede.

– Chi, sua sorella Federica quella alta mora che suo figlio ha avuto un incidente in moto che gli è rimasta una gamba più corta?

– No, non la Federica che le han tolto l'utero, l'altra sorella, la Maria Francesca quella allergica a tutto che suo marito andava a caccia in Kenya e ha preso la malaria e lo curava il dottor Galloni quello che gli è venuto l'infarto giocando a tennis.

– No, ti sbagli, guarda che quello dell'infarto è il dottor Galletti che è ginecologo, mentre quello del reparto malattie tropicali è il professor Galloni che ha preso l'embolia facendo il sub e ha tutta la bocca storta.

– No, ti sbagli, l'infartuato era Galloni, lo so perché era ricoverato nella stessa camera di mio cognato che si era sentito male allo stadio ma non era niente, era angina, solo che il giorno che è uscito dall'ospedale è finito sotto un camion.

– Ti dico che era Galletti, ho ancora il ritaglio del giornale nella borsetta, se vuoi te lo faccio vedere!

È infatti cura di queste vecchiette il raccogliere in appositi album le cattive notizie, i necrologi e altre delizie del genere. Collezionano orrori con l'entusiasmo di un bambino che raccolga figurine. È possibile, a volte, che si propongano degli scambi: se mi dai un necrologio con foto del tuo dentista, ti dò le analisi sulla tiroide di mia cugina che sono un disastro.

Altro piacere sadico di Clara e Lara è fare diagnosi a distanza sulle persone che entrano nel bar. Esempio:

Clara – Eh, che brutta cera quel signore alto che beve il caffè. Ti ricordi, tuo marito era di quel colore là, la settimana prima di andarsene.

Lara – Sì, ma la moglie, al suo fianco, è peggio. Guarda che gambe gonfie, una trombosi non gliela leva nessuno.

Perciò se sentite sibilare un commento alle vostre spalle, toccate ferro.

I DUE CHE DEVONO ANDARE AL CINEMA

Coppia dall'aspetto elegante, occhialuto lui, occhialuta lei. Appare al bar verso le nove e mezza, prende un caffè e poi si dirige verso un giornale o verso il cartellone pubblicitario dei cinema. È evidentemente alla ricerca di un film che accontenti entrambi. E qui ha inizio il dramma. Dall'entusiasmo iniziale, che si esprime con gridolini, sguardi d'intesa e frasi come "Sì mi hanno detto che non si può perdere", si passa alla fase del dubbio. L'elenco viene esaminato più volte. Lui scuote la testa un po' deluso che nella città ci siano solo centocinquanta sale cinematografiche. Lei si mangia le unghie in preda ad ansia crescente.

Questa fase può avere tre sviluppi:

a. La rissa. Dopo mezz'ora di inutili trattative, i due si insultano apertamente, e dai gusti filmici passano a critiche sui vestiti, sui parenti e su supposti amanti del partner. Questa fase può concludersi con frasi tremende del tipo: "Allora vallo a vedere da solo quel film, te e quella troia della Kim Basinger".

b. Il dubbio amletico. I due sprofondano in un'inquietudine febbrile, analizzano spietatamente l'elenco dei cinema cittadini nonché provinciali e regionali. Consultano critiche, coinvolgono nella discussione coppie circostanti, ma la scelta sembra complicarsi senza speranza. Finalmente escono in direzione Est-Odeon, ma subito tornano indietro, riguardano i film uno per uno e ripartono verso Ovest-Ariston. Di nuovo rientrano col volto teso. Fanno telefonate incredibili del tipo “Mamma, cosa ne pensi tu di Kurosawa, è vecchio?” oppure chiamano la cassiera del cinema per sapere che faccia hanno quelli che escono dalla proiezione. Il dramma si scioglie alle dieci e quaranta con l’accusa reciproca “ecco, per colpa tua non facciamo più in tempo”.

c. La paralisi. I due si bloccano, oppressi da un dolore indicibile. Restano lì mentre tutte le altre coppie scelgono il film e se ne vanno. Lacrime scendono lungo i loro visi.

“Non ci faranno mai più entrare in un cinema” sembra dire lui. “È finita, è finita” sospira lei guardando nel vuoto. A volte alle sei di mattina sono ancora lì.

Perché per questa coppia è così difficile scegliere? Perché i due hanno una serie di idiosincrasie e allergie filmiche così particolari da rendere quasi impossibile un’intesa.

Ne facciamo un esempio.

Lei

No, questo film no perché non è piaciuto a Marina.

No, questo no perché è piaciuto a Pietro.

No perché quell’attrice l’ho vista un’altra volta in un film che la poltrona del cinema era scomodissima.

No perché i registi col nome complicato non li sopporto.

No perché una mia amica mi ha già detto il nome dell’assassino (il film è *Mezzogiorno di fuoco*).

No perché non mi sono piaciuti i trailer.

No perché ho promesso che lo vado a vedere con Marina.

No perché lei è fidanzata con quel volgarone con le basette.

No perché non mi ricordo se l’ho già visto.

No perché dal titolo direi che è in bianco e nero.

No perché mi han detto che c’è una scena dove muore un criceto, andiamo a vedere *Exterminator*.

No perché vincono i partigiani.

No perché è troppo corto.

No perché è piaciuto alla Marina.

No perché Pietro ha detto che è una lagna.

No perché i film australiani mi fanno schifo (non ne ha mai visto uno).

No perché non mi ricordo chi mi ha detto che a me non piace.

No perché il protagonista tiene per la Roma.

No perché non ha vinto nessun premio.

No perché mi sta sul cazzo il direttore delle luci (scusa evidentissima).

No perché lo devo andare a vedere con Pietro.

No perché con Stallone è tutto spari, esplosioni e sangue, andiamo a vedere questo che m'han detto che bucano un gatto col trapano.

No perché ho già visto il trailer.

No perché è girato in Sicilia.

No perché l'han fatto da un libro.

No perché è troppo lungo.

IL SAX DEL NUVOLA ROSSA

Dal quarantesimo piano del mio ufficio nel Gramsci Building questa città sembra quasi bella, annoiata, imbellettata di insegne e intossicata di fumo come una puttana a mezzanotte. Ma le puttane hanno un cuore.

Mi prendo un caffè al distributore, ha un buon sapore di niente dolciastro, metto i piedi sulla scrivania e mi presento. Mi chiamo Volpe, Joe Volpe, e faccio l'investigatore privato da trent'anni, con regolare licenza governativa. Durante la mia (aperte virgolette) carriera (chiuse virgolette) ho risolto molti piccoli casi, e anche qualche discreto caso. Non ho mai avuto tra le mani un Grande Caso, ma si sa che nel nostro paese i Grandi Casi li affidano solo a quelli che *non* li risolvono.

Ne ho viste di tutti i colori, in questa città metropolisemica, ma la storia che ricordo più volentieri è quella di Elmo Buenavista, il sax di Dio. Forse perché mi piaceva come suonava. O forse perché la prima volta che l'ho sentito suonare *Turpentine* ballavo guancia a guancia con una bionda che aveva una bocca come un giardino e un appartamento con piscina dei quartieri alti, dove d'estate... ma non divaghiamo.

Elmo Buenavista, prima di diventare il re del sax baritono, aveva avuto un'infanzia regolarmente difficile. Era figlio di una cubana e di alcune ipotesi, ed era cresciuto al Portisco, il quartiere più malfamato e squallido della città. Fortunatamente lui non poteva vedere lo squallore perché era cieco.

La mamma non s'era accorta del problema del figlio, lavorava sedici ore al giorno come sguattera e quando lui le chiedeva "Mamma, perché non ti vedo?" lei rispondeva "Perché lavoro sempre, bimbo mio", lo baciava e scappava via.

Un giorno la maestra, spazientita perché il ragazzo non imparava a leggere, gli chiese:

– Ma insomma Elmo, la vedi la lavagna o sei cieco?

– Sono cieco, signora maestra.

– E perché non l'hai detto prima?

– Perché nessuno me l'ha mai chiesto.

Era così il vecchio Elmo. Parlava pochissimo. Ne conoscevo un altro come lui... ma non divaghiamo.

A dodici anni Elmo entrò negli Eta Beta, la banda giovanile più tosta del quartiere. Il capo era un certo Fernando, famoso per la sua mira con la pistola. Con un colpo centrava una lattina di birra a trenta metri. Il brutto era che spesso non aspettava che smettessero di berla. Elmo fu addestrato a ogni tipo di scippo, aggressione e rapina, ma dopo che ebbe minacciato col coltello un gorilla dello zoo gridando "Molla la pelliccia, vecchia troia!" fu assegnato a un altro reparto. Doveva fare il palo e fischiare se c'era qualche pericolo. Siccome al Portisco c'era *sempre* pericolo, Elmo fischiava ogni minuto e non sbagliava mai. Così nessuno si accorse che era cieco, anzi, i suoi amici dicevano "Nessuno come il vecchio Elmo vede se c'è qualcosa di strano in giro".

Quando gli Eta Beta diventarono un acclamato complesso di Ultimate Rap, Elmo trovò lavoro come maschera in un cinema, tanto al buio non ci vedevano né lui né lo spettatore.

Una notte tornava dopo l'ultimo spettacolo quando inciampò in qualcosa di grosso e metallico. Era un sax.

Com'era finito lì? Era successo che Betsy Galanda, la spogliarellista del Carillon, aveva litigato con Max, il suo uomo nonché collega di lavoro, perché Max durante lo strip suonava il sax puntando sempre la guardarobiera. Max spiegò che a forza di vedere Betsy nuda ogni sera, si eccitava solo guardando dei vestiti, ma Betsy non gli credette e lo scaraventò giù dal sesto piano. Ma Buenavista non si accorse che, sul marciapiede, vicino al sax c'era anche il povero Max. Raccolse lo strumento e se lo portò a casa.

Per un anno usò quel misterioso tubo per tenerci dentro un cactus in braille, poi un amico gli disse che poteva farne un uso migliore, cioè soffiarci dentro, cioè suonarlo. Come? Semplice: bastava comprare un disco e cercare di ripetere le stesse note.

Elmo comprò un disco di lezioni di tedesco e all'inizio si trovò in difficoltà. Poi qualcuno gli regalò Charlie Parker e lui rifece tutti gli assoli, al primo colpo, nota per nota. Il talento si vede subito. Si allenò con tutto, da Bach a Salaga-Dula, dalle sigle dei notiziari a Billie Holiday, dai Los Machucambos a Guccini. Di notte stava alla finestra e accompagnava col sax tutto quello che sentiva nel quartiere. Le ninne nanne delle madri, il russare dei babbi, i motivetti di chi si faceva la barba, le canzonacce degli ubriachi, il rock delle autoradio e l'ululare del cani. Ed era felice così. Gli sembrava che sarebbe rimasto tutta la vita a suonare il sax alla finestra.

Ma ecco che il destino cambia spartito. È luglio, è caldo, è mezzanotte, Elmo guarda là dove gli hanno detto che ci sono le stelle e suona *Halleluiah* di Cohen e Buckley. Sotto la sua finestra passa una limousine lunga e bianca come il fantasma del *Titanic* e dentro c'è Chico Arroyo, padrone del Nuvola Rossa, il locale più noto della città. Chico transita beato come un neonato tra due sventole creole che gli frizionano le basette, quando sente quel sax baritono tuonare come le trombe dell'angelo Malachia, e ogni nota bassa fa vibrare la strada peggio di una scossa sismica. "Frena!" dice all'autista, quello frena, "Scendi!" quello scende, "Portamelo!" quello gli porta Buenavista, contrattano un po', duecento bigliettoni a settimana più le bevande e un cane lupo. Risultato: due sere dopo, Elmo è già al Nuvola Rossa che suona nei Selvaggi Sei.

Chi non ha sentito i Selvaggi Sei, non sa cos'è la musica da night.

Io li ho sentiti, tu no.

I Selvaggi Sei erano sei.

Alla batteria Jelly "Tremito" Crozza, magro magro e pieno di coca come una valigia diplomatica, suonava ventidue ore di fila, poi finiva le pile, dormiva un'ora, per un'ora si ricaricava tirando coca e ricominciava. Una vita da travet, ma a lui piaceva così.

Al basso Benzo Good. Un nero enorme, quasi due quintali; tra le sue manone il contrabbasso sembrava un mandolino. Suonava e sudava, sudava come un torrente, come un Niagara, rivoli scendevano dalla fronte e dal collo, e dovettero mettere uno scolo da doccia sul palco per evitare inondazioni. A volte, mentre suonava, piangeva. Non tutti i pezzi, diciamo uno su tre, suonava, sudava e piangeva, facendo più acqua di un monsone. Una volta gli chiesi:

– Benzo, perché piangi quando suoni certe canzoni e certe altre invece no?

– Perché quelle altre non mi fanno piangere.

Era così il vecchio Benzo, di poche parole. Ne conoscevo un altro come lui... si chiamava... ma non divaghiamo.

Alle tastiere c'era Charlie Fighetto, elegantissimo in smoking giallo-uovo, ghette albume, scarpe zampa-di-gallo e certi papillon che sembravano farfalle tropicali. Si spalmava capelli e baffi con un vasetto di brillantina alla volta, splendeva come un diamante e puzzava come una cotica, ma le donne gli morivano dietro. Si diceva che, per ogni nuova conquista, facesse una tacca sul pianoforte. Leggenda o no, una sera il pianoforte gli si sbriciolò sotto le mani in una montagna di segatura, era più traforato di una sottoveste di pizzo. Ma Charlie non era solo un donnaiolo, era anche un gran musicista, sapeva carezzare i tasti come i capelli dell'amata, e quando fraseggiava in caduta libera sembrava quattro pianisti insieme.

Poi c'erano i due fiati. Alla tromba "Nano" Carmel. Un metro e trenta di polmoni e guance da criceto, piccolo, malvagio e isterico, ma che sound! Era così aggressivo che lo avevano messo in gabbia, come un pappagallo, e anche da lì sputava sugli spettatori e cercava di pisciargli in testa.

Un giorno gli chiesi:

– Nano, perché ce l'hai su con il mondo?

– E chi ce l'ha col mondo, sbirro del cazzo che rimesti nella merda dei mariti cornuti e delle mogli troie di questa città di bastardi, in questo paese di delinquenti da gasare in massa insieme a tutto il lurido campionario di stronzi con cui Cristo Signore ha impestato la terra invece di farsi i cazzi suoi!

Era così, Nano Carmel. Di poche parole, ma pesanti.

E poi c'era Elmo Buenavista.

La prima volta che lo vidi sul palco non mi fece una gran impressione. Un mulatto con la faccia triste da cavallo e due occhiali neri grandi come microsolchi. Imbracciava il suo famoso sax baritono Golden Bangalore Woods, una meraviglia istoriata a mano da Osvaldo l'Orafo, il miglior artigiano del settore, l'unico che poteva toccare i sax dei grandi. Osvaldo aveva disegnato su ogni tasto una scena della Bibbia: e quando Elmo iniziò a suonare, capii subito perché lo chiamavano il sax di Dio. Quel suono grave, che poteva diventare dolcissimo, mi entrò nell'anima dalla porta segreta. Mi vennero i brividi, gli scrimlizzi nella schiena, ansimai, tremai, ruttai, mi si bloccò la mandibola, piansi come un bambino, risi selvaggiamente, smisi di ridere (o mi cacciavano fuori) e di nuovo piansi, digrignai i denti, quasi svenni. Era come sentire insieme i rumori della giungla e quelli del metrò il sabato sera, il ruggito del leone e un gospel in una chiesa deserta, un vecchio disco gracchiante e Iggy Pop in cuffia, un carillon e un coyote, una scarica di mitra alle spalle nel vicolo e i passi dell'amata lungo le scale di casa tua, era l'inferno e il paradiso con ghiaccio limone seltz e giarrettiere e un gol in rovesciata e tornare bambini e sentirsi immensamente vecchi e sangue, rugiada, sudore, garage, isole e raggi di sole dalla finestra di una galera.

Insomma, non suonava niente male.

E soprattutto, nei Selvaggi Sei, Elmo era il partner di Sweet Misery.

Come descrivere quella ragazza? Era bella? Aveva un bel sorriso? Aveva una voce dolce?

No, queste sono parole per il mondo terreno, non per

il luogo dove viveva e cantava Sweet Misery. Me la caverò con un esempio. Centinaia di uomini si erano innamorati di lei: petrolieri texani e playboy internazionali, guappi e nobilastri imberbi e scafati, chiacchieroni e poeti. Ebbene tutti costoro, quando le arrivavano davanti farciti di fiori come feretri e col sorriso in canna, si bloccavano, tremavano, balbettavano e il massimo che riuscivano a dire era:

– O Sweet Misery, dagli occhi di...

Poi svenivano, o scappavano. Perché Sweet era bella in modo indicibile. E la sua splendida voce era nata per duettare col sax di Elmo. Si cercavano, si riconoscevano, si trovavano, la voce di Sweet si incamminava e il sax la seguiva, la perdeva e la ritrovava, si arrampicavano in cielo insieme e insieme precipitavano, litigavano, si azzuffavano, lei lo provocava, lui le correva dietro, lei si lasciava prendere e baciare poi lo graffiava, scappava, e lui esplodeva in orgasmo per lei e gridava d'amore e lei riappariva in cima a un ritornello e lui si avvicinava, e lei si allontanava ridendo e lui la inseguiva su per le ottave, fino al diesis più alto, e ballavano in bilico su due crome. Quando lei era triste lui la cullava, quando lui era stanco la voce di lei gli andava vicino e lo carezzava, lo spronava, pregavano insieme e insieme bestemmiavano, si raccontavano la loro infanzia crudele, il presente magico, la paura del domani. I Selvaggi Sei erano fantastici, ma la gente veniva soprattutto per loro: per il sax di Elmo e la voce di Sweet.

Erano amanti, chiederete voi?

Una volta dissi a Elmo:

– Secondo me tra te e Sweet c'è qualcosa.

– Allora toglilo che inciampo – rispose lui.

Così era il vecchio Elmo. Sarcastico e di poche parole. Proprio come un altro che conoscevo, si chiamava Osvaldo... ma non divaghiamo.

Questo dunque era il Nuvola Rossa, il locale più eccitante della città. Ci succedeva di tutto: jam-session favolose, risse colossali, amori nati e finiti. C'erano i migliori artisti della città, sul palco e tra gli spettatori. Ognuno era unico e le mode duravano quanto un brindisi, quello che tutti volevano era far contenti gli amici quella sera e inventare qualcosa che fosse indimenticabile tutta la vita, erano veri artisti e bella gente, anche se molti hanno fatto una brutta fine. Si preparavano tempi duri, di plastica, palinsesti e gangster legalizzati. E fu dura anche per me: mi scontrai con un certo Veloso, il boss della polizia. In quegli anni metà dei poliziotti chiudeva gli occhi e l'altra metà li teneva aperti per incassare, io ne sputtanai un paio e Veloso mi incastrò in un traffico di organi per cani ricchi, mi nascosero quattro cihuahua nel frigo e poi fecero finta di trovarli, mi beccai tre anni di galera, tre lunghissimi anni. Ero in cella con un certo Bracalini che aveva addestrato un topo a fargli la barba. Quando mi sentivo triste leggevo poesie, dipingevo uova pasquali e sognavo il Nuvola Rossa: chiudevo gli occhi e risentivo la musica di Elmo e Sweet Misery.

E sapete quali furono le prime tre cose che feci quando uscii di prigione?

La prima sono cazzi miei.

La seconda andai da Lomonaco a mangiare il pesce. Era tutto come tre anni prima: mi diedero addirittura la metà del pesce che avevo lasciato nel piatto l'ultima volta.

Poi andai al Nuvola Rossa, per vedere se era cambiato qualcosa.

Era cambiato.

Chico Arroyo era morto per una overdose di vibratore, e il locale era stato comprato da Bobby Manona, un impresario che gestiva bische, cantagiri ed elezioni di Miss. L'arredamento del Nuvola Rossa sembrava conservato, ma tutto intorno alla vecchia pista era stata costruita una struttura circolare a tre piani, un anfiteatro di tavoli e separé e spot e monitor. Era come se il vecchio locale fosse circondato da uno studio televisivo. Mi fece l'effetto di quei pezzi di pavimento neolitico che conservano sotto vetro nei sottopassaggi. Suonavano ancora i Selvaggi Sei, ma la formazione non era più la stessa.

Jelly Tremito era esploso di coca e dormiva sotto un

ponte. Benzo Good, una calda notte di agosto, si era sciolto, aveva sudato tanto che avevano trovato solo il vestito, le scarpe e le chiavi di casa. Charlie Fighetto era stato ammazzato da un marito geloso. Nano Carmel era scappato dalla gabbia e faceva il serial-killer in Messico.

Al loro posto c'erano quattro giovanotti neri, testa rasata e pizzetto, impeccabili in smoking avana. Ma Lui e Lei c'erano ancora.

Elmo con un paio di baffetti sale e pepe e gli occhiali con la montatura d'argento, sempre in gran forma.

Sweet con una ruga all'angolo della bocca e i gesti più lenti quando dava gli attacchi e gli stop, ma con la voce ancora più roca e più bella.

Mi sedetti allo stesso tavolo, ordinai il solito liquorino e me lo portarono nel solito bicchiere, ma stavolta c'erano ventidue cubetti di ghiaccio invece di uno.

E i Selvaggi Sei suonarono una canzone che conoscevo bene:

Baby, sono già stato qui
conosco questa stanza, ho camminato su questo pavimento.
Vivevo da solo prima di conoscerti.

Sweet ed Elmo erano ancor più bravi di come me li ricordassi. E il pubblico?

Chiacchierava, masticava, sbadigliava, beveva, rideva, si salutava. Quasi nessuno ascoltava. Erano lì perché ci andavano tutti, erano lì per farsi vedere, per dire di esserci stati.

Vecchi gangster di quartiere e nuovi gangster in dimensione europea, scemi del villaggio promossi opinionisti e opinionisti che si fingevano scemi per sopravvivere, oche di regime, stilisti senza stile, tenori falsi benefattori, cantanti falsi malfattori, comici pronti a tutto, intellettuali sanguinari e intellettuali emostatici, vippetti, bigoli, starlette, divetti lecchini, troiole, sottosegretari, ognuno col suo gorillino, il suo sciafeur, la sua targhetta premio, la sua padania fiscale, la malignità in canna, la chiacchiera del giorno, il seno pompato, il naso rifatto, le rughe stirate, il passato riciclato, tutti litigiosi ma amicissimi, dall'Organizzatore di Piazze Festanti al rapper nazional-alternativo, dall'esponente dell'Opposizione con vocazione alla maggioranza all'esponente di Governo con passato di lotta, su per camorre e sinergie e rimpasti di giurie e travasi di canali e ribaltoni e convergenze e kamasutra fino al Sindaco di tutti e al Ministro della Cultura che apprezzava tanto ciò che si fa fuori da certi posti ma frequenta solo certi posti. Tutti lì ipnotizzati, fingendosi annoiati davanti ai flash, beatamente torturati da rompiballe microfonati, imbrancati nella più Grande Tavolata della Storia, la Madre di Tutti i Salotti. Tutti uguali, assolti, beati di non aver più nulla da imparare e da insegnare, una Classe di Bocciati dell'Intelligenza e della Speranza, che non aveva nessun bisogno di ascoltare quella musica. Erano lì per poter dire che esistevano. E basta.

Ma uno tra gli uguali mi colpì. Pallido e capelluto, fumava un sigaro pestilenziale. Occupava un tavolo con una corte di corifei. Era il Capocamorra della Zona Catodica Est, padrone di metà palinsesti del paese. Si chiamava Kid Cotronza, detto "Ketchup" per come condiva di citazioni e frasi colte il nulla che emanava. Era in prima fila e guardava Sweet Misery con occhio rapace.

– Dite quello che volete, – lo sentii sussurrare – ma la ragazza bucherebbe lo schermo. Fascino vetero, mortifero, che sta per sfiorire. La bellezza che ti abbandonerà tra un istante. La bellezza che non lascia traccia e non serve a nulla. Il fotogramma insensibile, *the perfect frame.* La voglio.

– E se lei non vuole?

– Ogni artista ha il suo prezzo, e ultimamente è periodo di saldi.

– *Non è necessariamente così* – cantava Sweet, e la voce sembrava incrinata dalla rabbia, come se lo sguardo dell'uomo la torturasse. E anche negli assoli di Elmo, c'era una violenza che non avevo mai avvertito.

Dopo lo spettacolo, passai nei camerini. Sentii puzza di sigaro e voci concitate. "No, non mi interessa" diceva la voce di Sweet. "A me non si può dire di no" esclamava Cotronza. "Quello che dice il mio amico Ketchup è un ordine" ridacchiava Manone. "Accontentaci, Sweet, oppure..."

Bussai al camerino di Elmo. Era a testa china, con le mani avvinghiate al sax come fosse una zavorra che gli impediva di volar via. Alzò gli occhialoni e disse:

– È un sacco di tempo che non ti si vede, Joe...

– Hai recuperato la vista o faccio una puzza particolare?

– Sweet mi ha detto che eri in sala, ti aspettavo. E sei l'unico che ha bussato: gli altri entrano senza farlo, fanno finta di essere intimi da anni.

Dal camerino accanto il rumore della lite saliva sempre più forte, e vidi Elmo stringere i pugni. *Come te la passi, vecchio*, stavo per dire, quando la porta si aprì e apparve Sweet, spettinata, col trucco sbavato. Sembrava che stesse piangendo.

– Ho bisogno di te, Elmo, – disse – di là si mette male. Scusaci Joe. Se ci aspetti, dopo andiamo a bere qualcosa insieme.

Non aspettai. Scavalcai la vipperia e guadagnai l'uscita. Feci il giro dei miei bar (e vi assicuro che è un giro lungo). Mi fermai al Saint Augustine, nel quartiere cino-modenese. Cominciai a pensare ad alta voce, e i bicchieri di vodka mi si accalcarono davanti come spettatori.

Perché devono sempre cercare di distruggere ciò che è unico? Forse perché mostra la miseria di tutto il resto? E io l'ho mai fatto? Ho cercato di distruggere qualcosa di unico perché metteva in luce la mia pochezza? *Vai così che vai bene* mi incitavano sempre più numerosi i bicchieri, e stavo per arrivare all'illuminazione, o cadere dallo sgabello, quando mi accorsi che al mio fianco si era seduta una parrucca rossa abbinata a due metri di creatura.

– Ehi bello, cosa ci fai qui? – mi chiese.

– Offro da bere alle amiche – risposi.

Mi svegliai parecchio tempo dopo con un gong nella testa e l'alito come un pisciatoio di stazione. Ero in una garçonnière rosa piena di reggiseni di cuoio, poster di cestisti e attrezzi da body-building. Naturalmente nel portafoglio erano rimasti pochi spiccioli, quanto bastava per un caffè e il giornale.

Il caffè fumava e il giornale diceva:

UCCISO IN UN FAMOSO NIGHT
KID KETCHUP COTRONZA

Freddato da una misteriosa revolverata durante lo spettacolo del Nuvola Rossa. La guerra tra mafie televisive forse all'origine del delitto.

Beh, tutto questo non mi riguardava. O no?

Quando sono entrato, il Nuvola Rossa era ancora pieno di sbirri. A terra era disegnata la sagoma di Cotronza, tra macchie di sangue e tabacco. Per fortuna a capo delle indagini c'era Jimmy "Sembra" Delogu, uno dei pochi tenenti non fetenti della polizia, nonché amico mio.

– Sembra una strana storia, Joe, – ha sospirato – il boss stava ascoltando la musica quando qualcuno gli ha sparato in bocca, proprio in mezzo al sigaro. Nessuno ha sentito il rumore dello sparo, anzi, l'orchestra ha continuato a suonare. Credevano tutti che fosse caduto dalla sedia perché era ubriaco.

– Da dove è partito il colpo?

– Dai tavoli dietro i musicisti, sembra.

– E l'arma?

– Un calibro singolare, una quattro millimetri, un mini-revolver, sembra.

– L'avete trovata?

– No. C'era il questore in sala, ha fatto subito chiudere tutte le porte e perquisire il perquisibile, ma niente da fare. Sembra che sia svanita nel nulla.

Ho guardato attentamente la posizione del corpo di Cotronza e la disposizione dei tavoli dietro il palco. Conosco bene queste piccole pistole, le ho viste brillare tante volte nelle borsette eleganti delle mogliettine tradite, ma non sapevo che ora le usassero anche i professionisti. Perché quello era un lavoro da professionisti. O no?

– Avete qualche pista?

– Dall'alto è venuto l'ordine di non indagare troppo, – ha detto Sembra scuotendo la testa – sai, Cotronza era legato a parecchi pezzi grossi. Secondo i miei capi è stato qualcuno del Clan del Serpente: ultimamente Cotronza aveva sconfinato nel loro territorio: gli aveva portato via Miss Estate, le riprese televisive del pugilato di nani, la zona Sud del Cantagiro e, per ultima, la presentatrice Verbena. Aveva esagerato, sembra. Sai come sono queste guerre dell'audience...

– Lo so. Beh, auguri per le indagini, Jimmy.

Uscendo, ho incrociato uno dei quattro negretti che accompagnavano Elmo. L'avevano appena interrogato. Non sembrava troppo scosso.

– Stavate suonando quando è partito lo sparo?

– Sì, ma non si è sentito nessun rumore. Quando quel tipo si è accasciato, abbiamo pensato alla solita sbronza. E abbiamo continuato il pezzo.

– E che pezzo era?

– *Thunderbird.*

Il giorno dopo il mio cervellino bolliva di strane supposizioni, e ho visitato un sacco di posti interessanti. Sui giornali Kid Cotronza era stato beatificato e il suo contributo alla Cultura era stato celebrato in un migliaio di coccodrilli. A mezzanotte, ho deciso di fare un salto al Nuvola Rossa. Era chiuso, ma io ho una chiave magica. Sono entrato nella sala buia. Mi sono servito un liquorino, e ho dato un'occhiata intorno. Sul palco, come un serpente azteco, splendeva il sax di Elmo. L'ho esaminato con attenzione. Poco dopo ho udito dei passi.

– Ti aspettavo, Elmo – ho detto.

– Ho sentito qualcuno che armeggiava intorno al mio sax. Non pensavo che fossi tu – ha risposto calmo Buenavista.

– Meglio io che un altro.

– Cosa intendi dire?

– Voglio dire che so benissimo che solo tu e Osvaldo l'Orafo potete toccare il Bangalore Woods. È delicato come uno Stradivari, no?

– Sei venuto qui a mezzanotte perché vuoi lezioni di musica? – ha detto Elmo. Si è seduto sullo sgabello del batterista e si è messo a fumare. Aspettava che vuotassi il sacco. L'ho accontentato.

– Sai, Elmo, – ho iniziato – mi è venuta in testa una sceneggiatura per un film e volevo raccontarla a un amico.

– Adoro il cinema.

– Allora, nel film un potentissimo ceffo vuol portare via una dolce affascinante cantante da un locale, per rinchiuderla in una delle sue teledomeniche da guitti. E questo fa imbestialire un ammiratore della cantante. Ma questo ceffo è potente, la ricatta, minaccia di far perdere il lavoro a lei e ai suoi amici. La cantante dapprima resiste, ma è sola, indifesa, e il boss sta per averla vinta. Allora l'ammiratore decide di passare all'azione.

– Fin qui è appassionante – disse Elmo.

– L'ammiratore pensa: devo fare fuori quel ceffo, e lo farò sotto gli occhi di tutti. Ma avrò un alibi di ferro. Anzi, di ottone.

– Apprezzo la sfumatura, – disse Elmo – se non fossi cieco, direi che è una parte adatta a me.

– Non essere modesto, Elmo. Tu sai fare tutto quello che fa un vedente. Quando l'altra sera sono uscito di qui per un tour alcolico, sai chi ho incontrato? Fernando, il tuo vecchio capo-gang.

– È cambiato?

– Un po'. Adesso si fa chiamare Sabrina e ha una bella parrucca color carota. Mi ha raccontato di come da giovane sapevi sparare a un barattolo ascoltando il rumore del rotolio.

– Era tanti anni fa... – ha detto Elmo, con un quieto sorriso.

– Sai, Elmo, ho sempre ammirato la tua capacità di "sentire" la gente. Quando Sweet Misery si muove sul palco, tu la segui con gli occhi, sai sempre dov'è.

– All'inizio seguivo il frusciare del suo vestito, il suo profumo. Poi non ne ho più avuto bisogno. Nasce quello che si chiama sesto senso, anche se per me è sempre il quinto. Io so che Sweet è là. Come so che ora tu sei qui davanti a me, due metri sulla destra, che sei armato e che il tuo cervello macina supposizioni.

– Indovinato. Allora, possiamo fare il nome dell'ammiratore misterioso di Sweet che sta per far fuori Cotronza?

– Facciamolo, tanto è un film.

– Proprio così. Chiamiamolo Elmo.

Buenavista rise, senza dir nulla.

– Il nostro protagonista dunque sta suonando al Nuvola Rossa. Davanti a lui, tra il pubblico, c'è l'odiato uomo col sigaro. Elmo sa esattamente dov'è, e sa che non c'è nessuno tra lui e il suo bersaglio. E ha il sax puntato nella sua direzione.

– Ma i sax non uccidono – rise Elmo.

– Infatti a questo punto il film rischia di impantanarsi. Come può un cieco uccidere l'odiato nemico con un sax?

– Già, come può?

– A questo punto entra in scena un nuovo personaggio. Un investigatore privato, un rompiballe fottuto di investigatore come non manca mai in questi film. Costui va a curiosare al Nuvola Rossa, e si fa una certa idea di dove è partito il colpo. Un gioiellino da quattro millimetri calibro 22 non fa scoppiare una testa da venti metri, come è successo a Cotronza. Il colpo è partito da più vicino, dal palco. Adesso gli mancano solo due cose: il movente e l'arma. Il movente, beh, è anche troppo facile. Quando suonavi con Cotronza in sala, sembrava che volessi staccargli la testa con le note.

– E l'arma?

– Qua l'investigatore si ricorda di un amico comune. Si chiama Osvaldo l'Orafo. È specialista nel riparare strumenti pregiati, ha le mani d'oro. Sa smontare e ricostruire ogni cosa, da un carillon a un pianoforte, da un orologio a una pistola.

– E allora?

– Allora l'investigatore rompiballe va nel laboratorio di Osvaldo e gli chiede se per caso ha da poco lavorato di fino su una calibro 22, magari mettendole un silenziatore e facendole una cromatura dorata.

– E Osvaldo?

– Osvaldo è uno che parla pochissimo. Ne conosco degli altri così... ma non divaghiamo. Osvaldo all'inizio fa finta di niente, ma alla fine canta.

– Lo hai torturato? – disse Elmo, con voce cupa.

– No, gli ho semplicemente detto: Elmo mi manda a dirti che la pistola che hai modificato per lui era un vero cesso, ha fatto cilecca due volte. Osvaldo si è subito inviperito, ha detto che non era possibile che lui è un artista nel settore e che la piccola sputafuoco era un vero gioiello.

– Gran bastardo quell'investigatore!

– Gran bastardo, ma il film può procedere. Flashback: è la sera del delitto. Elmo sta suonando e, nascosto tra i tasti, cromato e incastrato ad arte, c'è il revolver Lilliput calibro 22. Il dito di Elmo lo sfiora voluttuosamente. Elmo aspetta *Thunderbird*, il pezzo che finisce con quelle tre gran note, do-sol-fa. Mi ricordo quel "fa" grave che fa tremare le sedie. Su quella nota, soffiata a tutto polmone, Elmo punta e preme il grilletto in direzione della puzza di sigaro. Bingo! Poi continua a suonare come se niente fosse. Quale alibi migliore?

– Okay, mister Joe Volpe, – disse Elmo – il film è bello, ma la sceneggiatura è imprecisa. Manca qualche particolare. Dove nasconde la pistola?

– Aiutami tu.

– Secondo me è stata lì tutta la sera. Quando hanno perquisito i presenti, nessuno ha pensato di perquisire per bene il signor Bangalore Woods, tutt'al più gli han guardato in bocca. E ti dico che Osvaldo ha fatto proprio un buon lavoro. Era proprio lì, che sembrava un tasto, piccola, dorata e micidiale. E nel buio della scena, neanche i miei colleghi l'hanno notata. E adesso che ti ho dato una mano, come finisce il film?

– Quell'investigatore rompiballe sa che tutte queste supposizioni sono nulla senza una prova sicura. Allora va di notte al Nuvola Rossa e trova ciò che cerca. Piccole tracce di collante sul sax, e soprattutto una minuscola bruciatura, un impercettibile segno nero. Basterebbe dire alla polizia: esaminate il sax di Elmo e troverete tracce di polvere da sparo. Il caso sarebbe risolto. L'investigatore farebbe il colpo della vita, titoloni sui giornali: *Clamorosa svolta nelle indagini sull'omicidio Cotronza.* Tutti i ricconi dei quartieri alti lo vedrebbero in fotografia e lo chiamerebbero a risolvere i loro terribili casi di corna e barboncini rapiti. E l'investigatore potrebbe avere un ufficio più decente del suo monolocale nel Gramsci Building.

– Già, potrebbe – disse Elmo, e portò la mano nella tasca della giacca.

Mi allertai un istante. Ma, che ci crediate o no, quel matto di nero tirò fuori una fotografia di Sweet e si mise a guardarla.

– Sì, potrebbe farlo – proseguii. – Ma si ricorda di tutte le belle serate passate al Nuvola Rossa; e di *Halleluiah* e della faccia di Elmo quando Sweet appare sulla scena e della faccia di Kid Cotronza. E sai allora cosa fa questo investigatore?

– No.

– *Niente*, – dissi. – *Non fa niente*. Lascia che la polizia segua le sue false piste. Quel film non uscirà mai nelle sale, e io resterò nel mio ufficio di ventisei metri quadri.

Elmo non rispose. Suonò tre note morbide. Immagino che fosse il suo modo di dirmi grazie.

– E adesso cosa farai? – chiesi.

– Parto dopodomani, abbiamo un contratto per due anni su una nave da crociera russa, io e Sweet. Pubblico scelto, mafiosi dell'Est. E se vomitano, la colpa non è della nostra musica.

– Ottima idea. E adesso suona qualcosa per me. E non suonare un fa basso!

È una grigia mattina piena di pioggia, smog e lamenti di gabbiani. I Chicago Bulls hanno vinto la tredicesima partita consecutiva e il Bologna ha pareggiato a Seattle. È morto

Robert Mitchum: gli altri erano grandi, lui era unico. Dal mio quarantesimo piano vedo la città, triste e rassegnata come al solito. Ma se guardo in fondo, verso la baia, mi sembra di vedere la nave di Elmo e Sweet che si allontana. E penso che nella vita di un investigatore privato ci sono dei casi che è bello *non* risolvere.

IL BAR DELLA PINNA

C'era una volta, in un villaggio alla confluenza di due fiumi, un bar che si chiamava Bar della Pinna, dove si radunavano i pescatori più abili e bugiardi del paese.

C'era René Millimetro, grande specialista della mosca, così preciso da centrare con l'amo una tazzina da caffè a dieci metri. Si costruiva le mosche artificiali da solo, con crini di cavallo e peli di ascella. Erano così belle e perfette che facevano nascere un problema: le mosche vere le volevano trombare, e assediavano la casa con danze amorose e ronzii eccitati.

C'era Ercole la Gru, capace di tirar su pesci di venti-trenta chili pescando dai ponti. Una volta, durante una piena, una Fiat Cinquecento con un'intera famiglia era caduta nel fiume, e stava rotolando tra i flutti verso valle. Ercole lanciò l'amo, agganciò la maniglia della portiera e issò l'auto sopra il ponte, con la sola forza delle braccia.

C'era Calimero il Chimico, famoso per le sue pasture ed esche speciali. Le preparava di notte in un garage pieno di pentoloni, storte e alambicchi, e dal comignolo usciva un odore pestilenziale per gli umani, ma irresistibile per i pesci, tanto che una notte una tinca entrò da sotto la porta, mangiò tutto il pastone e scappò via per le tubature. Le specialità di Calimero erano il brasato di lombrico, la cavalletta all'agro e la "Superemme", mousse di melma, merda e mango, con cui catturava le anguille.

C'era Vito l'Invisibile, che avvicinava i pesci più sospettosi. Era piccolo piccolo e si mimetizzava dipingendosi di verde e confondendosi coi canneti e i cespugli. Pescava con una bava così sottile che nessun pesce poteva vederla. I suoi vermi erano addestrati ad arrotolarsi attorno all'amo e a fischiettare sott'acqua, fingendosi bagnanti. Un anno, al campionato regionale, tutte le prede erano già state pesate e si stava per proclamare il vincitore, quando dal nulla sbucò Vito l'Invisibile con quaranta chili di pesce nel canestrino. Nessuno s'era accorto che era in gara anche lui.

Poi c'era Salvatore il Subacqueo, famoso per il suo coraggio. Si spingeva in mezzo ai torrenti più impetuosi con un'ancora fissata a uno stivale. Era capace di restare immobile per ore e ore in un lago, lasciando fuori solo la testa. Pescava con ogni mezzo, con dieci ami attaccati alla cintura e due nasse negli stivali. A volte scompariva sott'acqua per ispezionare i fondali e riemergeva dieci-quindici minuti dopo con la celebre frase "qui sotto non c'è un cazzo".

C'era Otto Giavellotto, specialista di pesca al lancio, in grado di scagliare il pesciolino finto a centinaia di metri. Spesso parcheggiava la macchina sulla strada e pescava abusivamente nei laghetti a pagamento, un chilometro più in là. Una volta capitò nel Lago di Como, e si mise a pochi metri da un pescatore locale. Quello protestò: "Ma come, con tutto lo spazio che c'è viene a pescare proprio vicino a me?". "Ma io non pesco qua," rispose Otto Giavellotto "pesco nel Lago di Garda", e fece saettare la lenza tra le nuvole.

C'era Galileo lo Scienziato. Prima di pescare misurava la temperatura dell'acqua, calcolava la portata del fiume e la velocità della corrente. Conosceva tutte le abitudini dei pesci, specialmente quando veniva la stagione degli accoppiamenti, e s'era fatto una mappa con tutti i motel e le garçonnière subacquee. Aveva una sacca da golf con un centosessanta canne di diverso tipo, più un Tir per l'attrezzatura, le esche e tutto il resto. Era così preciso e informato che una volta pescò un salmone di sei chili mettendo sull'amo un Alka Seltzer. "Sapevo che i pesci di questo fiume ieri avevano mangiato troppo" spiegò agli amici.

C'era Attila il Distruttore. Dopo che era passato, bisognava ripopolare il fiume. Usava due canne alla volta, come revolver, e tirava su le prede a grappoli. Era capace di pescare anche una settimana di fila. Una volta in un torrente, vedendolo arrivare, una delegazione di pesci gli andò incontro con un assegno da un milione, implorandolo di andare da un'altra parte.

C'era Chicco il Buono. Era un talento naturale, ma non resisteva allo spettacolo dei pesci agonizzanti e li ributtava tutti in acqua. Catturava le carpe più grosse della zona, ma quelle ormai lo riconoscevano, lanciavano un richiamo e subito arrivavano duecento carpettini urlando "mammo, mammo, non ci lasciare" (le carpe sono ermafrodite). Chicco non solo ributtava la carpa in acqua, ma riempiva il fiume di caramelle.

C'era Giorgio il Goloso. Portava sempre con sé la Prendi-e-Mangia, ossia una padella brevettata, piena d'olio bollente e riscaldata con un generatore a nafta. Giorgio deponeva direttamente le prede catturate nella padella, per mangiarle fresche fresche. Alcune le lessava nel radiatore della macchina e le intingeva al volo nella maionese. Quando scoprì il sushi, il pesce crudo alla giapponese, imparò a passarsi direttamente le trote in bocca. Le slamava con i denti e le masticava con due gocce di limone. Ma fu la sua rovina, perché cominciò ad azzannare al volo anche i pesci degli altri e fu preso all'amo una ventina di volte, finché nessuno lo volle più vicino.

Come avrete notato, queste storie sembrano, in qualche punto, un tantino fantasiose ed esagerate, ma guai a sostenere che sono inventate! La prima regola del Bar della Pinna è: se una storia è raccontata bene, è vera. Quindi dobbiamo ritenere vera anche l'incredibile storia di Claude l'Artista.

Vi ho elencato alcuni dei grandi pescatori del Bar della Pinna. Ebbene, costoro erano molto vanitosi e competitivi, ma tutti si inchinavano reverenti davanti al nome di Claude l'Artista. "Esistono i grandi pescatori, i grandissimi pescatori e sopra tutti c'è Claude l'Artista" diceva un motto del Bar della Pinna.

A Claude riusciva con irrisoria facilità ciò che gli altri facevano con immensa fatica. Il suo talento era genetico: era figlio di pescatori e nipote di pescatori, e aveva avuto una balia di nome Ombrina. A sette mesi di età lo avevano portato in riva al fiume. Era uscito dalla culla, scodinzolando come un pesce gatto, aveva infilato il biberon in acqua e con quello aveva pescato una trota di mezzo chilo. Scoprirono poco dopo che aveva masticato un lombrico e l'aveva sputato dentro il latte.

A sei anni, con un bastone e un amo ricavato da una spilla da balia, pescava già più dei professionisti. Sembrava che sapesse esattamente in che punto e a che ora il pesce avrebbe abboccato. Se gli chiedevano come faceva, scrollava le spalle e rispondeva:

– Non lo so. Lo sento...

In effetti, questo è il mistero dei grandi pescatori. Nessuno riusciva a spiegare perché Claude usasse quell'esca o pescasse a quella profondità, ma era sempre lui a prendere la preda più grossa.

Avrebbe potuto essere un uomo felice, ammirato e stimato per il suo talento, ricco, perché ogni sponsor voleva mettere la pubblicità sul suo berrettino. Eppure...

Venne la stagione della pesca e tutti si trovarono, come ogni anno, al Lago Settetrote, ma Claude non c'era. Dov'era il campione dei campioni? Un amico disse di averlo visto, proprio quella mattina, triste e solo in riva al fiume. Guardava l'acqua, silenzioso, e non aveva con sé la canna. Era rimasto lì a lungo, poi se n'era andato.

Quella sera tutti si radunarono al Bar della Pinna per il commento della giornata, ma nemmeno lì Claude si fece vedere.

Telefonarono a casa. Rispose la moglie, con la voce rotta dal pianto:

– Claude è strano, molto strano – disse, e riattaccò.

In poco tempo, si diffusero i particolari della strana malattia di Claude. Stava ore e ore a fissare l'acquario di casa, dove aveva immesso alcune trote. A volte riempiva un taccuino di misteriosi segni puntiformi. All'alba andava al fiume a spiare i pesci. Dava loro da mangiare, li osservava a pelo d'acqua, infilava addirittura la testa sott'acqua in lunghe apnee. E continuava a riempire taccuini e taccuini di quegli strani geroglifici. Fu visto anche davanti a un acquario di pesci tropicali, e addirittura nel laghetto dei bambini, a contemplare i pesci rossi. E mai, dico mai, con una canna in mano.

I suoi amici, ovviamente, si allarmarono. E a casa di Claude fu inviata una delegazione, formata da Ercole la Gru, René Millimetro e dal famoso pescatore Maurice Le Brochet, che era in realtà il dottor Lucci, psicologo dell'Usl travestito.

Le Brochet era lì per la diagnosi, René Millimetro per la sua abilità dialettica e Ercole la Gru per intervenire in caso di escandescenze.

Trovarono Claude stanco e pallido, con gli occhi cerchiati e un colorito da branzino bollito. Non sembrò sorpreso della visita. Fece accomodare i tre nel salotto, dove con stupore videro che era stato montato un acquario gigantesco, contenente diverse specie di pesci d'acqua dolce: trote, temoli, carpe, cavedani, barbi, pesci gatto. E tutta la stanza era piena dei misteriosi taccuini.

– Ehm, – iniziò timidamente René Millimetro – siamo venuti per chiederti qualche consiglio... sai, presto ci sarà la gara sociale. E volevamo presentarti un noto pescatore francese, Maurice Le Brochet.

– Voi non siete qua per la gara e lui non è un pescatore – rispose secco Claude.

– Come fai a dirlo?

– Non ha la ruga acquatica.

Era vero: tutti i pescatori, dopo anni passati a scrutare l'acqua controsole, hanno una caratteristica ruga in mezzo alla fronte.

– Sapevo che presto avrei dovuto darvi una spiegazione, – sospirò Claude – ma non preoccupatevi. Non sono né pazzo, né ammalato. Semplicemente, tempo fa, ho fatto un sogno. Stavo pescando al Lago Settetrote, quando dall'acqua è uscito un grande pesce siluro, con lunghissimi baffi, assomigliava un po' a Stalin e un po' a mio nonno Alfredo, che mi ha insegnato l'arte della lenza.

Nel sogno il Baffuto è scivolato sulla riva, si è acceso un sigaro e ha detto:

"Claude, mi hai molto deluso. È tanti anni che ci conosciamo, tu ci peschi e noi cerchiamo di sfuggirti, sempre la stessa noiosissima storia. Non hai alcuna curiosità, non vuoi saperne di più su di noi? Ad esempio come amiamo, cosa pensiamo, come parliamo? Vuoi trascinare tutta la vita un rapporto così banale, tira e molla, prendi e friggi, pesa e porta a casa? È così poco affascinante per te il nostro mondo?".

Ciò detto, si lisciò i baffi e scomparve in acqua.

Da quella notte, non feci che riflettere sulle parole del sogno. Come aveva ragione, il saggio Baffuto! Quanto era misera la mia passione di pescatore! Chissà quali misteri, quali segreti, erano nascosti sotto il velo dell'acqua, e io non li avevo mai indagati! Ma c'era un modo per rimediare: *"non vuoi sapere come amiamo, cosa pensiamo, come parliamo?"* aveva detto il pesce. Ecco la chiave. *Avrei imparato il linguaggio dei pesci*, e sarei entrato nel loro mondo, nella loro cultura! Col mio talento e la mia predisposizione, ero sicuro di riuscirci. L'inizio fu difficile. Tutti sapete che i pesci sono muti. Come comunicano, allora? Coi movimenti della coda? Muovendo il corpo, così da creare riflessi con le scaglie? Con gli ultrasuoni, come i mammiferi marini? Tutto l'inverno li spiai, li esaminai, finché ebbi l'illuminazione: *le bolle!*

Sì, le bolle. Notai che quando due pesci si incontrano, si scambiano combinazioni di bolle. Tre piccole e una grande, tre veloci e una lenta. Quando un pesce incontra un predatore, fa sempre due grandi bolle di paura, quando un troto corteggia una trota fa sette bollicine. Lo so, sembra facile dirlo ora, ma c'è voluto un sacco di tempo per decifrare il loro alfabeto e la grammatica. Vedete quei segni sui notes? Dopo trecento taccuini, sono a buon punto. Conosco più della metà del linguaggio dei salmonidi, che è una specie di dialetto montanaro derivato dalla lingua della carpa, che potrei chiamare una lingua ittico-classica. Le anguille parlano in modo assai contorto, i lucci usano uno slang malavitoso. Vedete questo segno, questa formazione di cinque bolle a cuspide? Ebbene in carpese significa "pescatore" ed è il messaggio che la carpa lancia ai suoi simili quando c'è qualcuno di noi in giro. Queste bollicine, in anguillese moderno, vogliono dire "ti amo". Questo è "ho mangiato proprio bene" in branzinesco, questo è... ma voi mi credete o no?

Davanti a Claude i volti dei tre erano assolutamente impietriti.

– Non prendertela, Claude, – disse René Millimetro dopo un breve silenzio – ma questa storia è pazzesca anche per un pescatore.

– Quand'era piccolo le davano da mangiare pesce controvoglia? – chiese lo psicologo.

– Io ti credo, – disse Ercole la Gru gonfiando il petto – e sarò al tuo fianco!

Così si sparse la voce che anche Ercole era stato contagiato dalla follia di Claude. Ora lavoravano in coppia. Ercole sulla riva reggeva una canna gigantesca con un cavo d'acciaio a cui era appeso Claude con maschera e pinne. Ercole calava l'amico nell'acqua, poi lo tirava su con una lavagna piena di appunti, e discutevano. Mentre passeggiavano, li si sentiva conversare così:

– Se tu fossi una trota e io ti chiedessi che ore sono, come risponderesti?

– Tre bolle grandi e mezza bolla?

– Esatto. E come diresti "Scusi dov'è il torrente?".

– Tre piccole veloci e una ovale lenta?

– No testone, sei bolle piccole e una lenta, tre bolle piccole vuol dire ruscello.

A primavera, la loro follia toccò il culmine. Passavano ore e ore davanti all'acquario, comunicando tra loro solo attraverso disegni, segni cabalistici e schiocchi di labbra. La moglie di Claude ormai non ci faceva più caso, preparava loro da mangiare e tristemente andava a letto, lasciandoli a quel muto delirio.

Ma Claude ed Ercole c'erano davvero riusciti. Conoscevano ormai il novanta per cento del linguaggio ittico, e si preparavano per il collaudo finale. Il dodici agosto Claude si sarebbe calato nelle acque del lago e avrebbe assistito, per la prima volta nella storia dell'umanità e dell'itticità, al *Grande Raduno Annuale dei Pesci Raccontatori.* I due amici avevano scoperto data e luogo da alcune frasi sfuggite a un gruppo di lucci ubriachi. Perciò si erano preparati con ogni cura. Si erano fatti confezionare due mute mimetiche, per nascondersi tra le alghe, due lunghissimi boccagli per respirare e cannucce con cui fare bolle, per conversare coi pesci se fossero stati scoperti. Da una settimana non dormivano per l'eccitazione. Presto il grande mistero sarebbe stato svelato. Cosa si raccontano i pesci, quando si trovano tra loro?

Quella notte d'agosto, calda e stellata, si tuffarono silenziosamente nel lago e pinneggiando pinneggiando, giunsero fino al banco d'alghe da cui si ammirava il fondale sabbioso ove i pesci si erano dati appuntamento. Alla luce azzurrata del riflesso lunare, lo spettacolo era superbo. Su un trono di roccia c'era una grande carpa dorata, dall'aspetto regale. Ai lati due grossi lucci, forse il servizio d'ordine. E poi decine di trote, tinche, temoli, siluri, salmerini, persici, carassi, barbi, cavedani, scagliole, anguille e anche una triglia di mare capitata lì chissà come.

La Regina Carpa così parlò:

Aveva detto: "Bene, chi vuole raccontare per primo la sua storia?".

– disse una bella trota iridata.

Sospesi nell'acqua, respirando l'aria della notte, Claude ed Ercole attesero con ansia.

– Nuotavo in un torrente impetuoso, – iniziò la trota – e risalivo controcorrente con balzi di venti, trenta metri, quando improvvisamente mi trovo di fronte un grosso orso, che cerca di afferrarmi al volo. Allora con la coda lo colpisco sul muso, lo faccio scivolare, e poi lo trattengo sott'acqua per un orecchio, finché non annega. Sarà stato due quintali almeno, ma ho tenuto duro e gli ho fatto fare la fine che meritava, a quel bestione!

Gli altri pesci applaudirono sbattendo tra loro le code.

– Che storia – disse Ercole, in trotese.

Claude gli rispose con tre bollicine perplesse.

– Ora, – disse la Regina Carpa – sentiamo cosa ci racconta l'amica anguilla di Comacchio.

– Ero nella laguna, insieme a mio fratello Sguillo e a mia cugina Squilla. Vediamo un pescatore che dalla barca cerca di insidiarci con un mazzetto di vermi. Allora io mi fingo morta, e affioro inerte a pelo d'acqua. Lui cerca di raccogliermi con le mani e subito Sguillo e Squilla gli si serrano ai polsi come manette, e lo tirano giù. Io mi annodo al suo collo e lo strangolo. Sarà stato lungo almeno due metri e mezzo, un vero omaccione!

Gli altri pesci, eccitati, emisero raffiche di bolle.

– Due metri e mezzo? – chiese Ercole – Sarà vero?

Claude nemmeno rispose.

– Ora racconterò io la mia storia – disse la Regina Carpa. – C'era una volta, in questo lago, un feroce pescatore che si chiamava Claude l'Artista. Era alto più di tre metri, con gli occhi fiammeggianti e i denti aguzzi come un piranha. Catturava le mie colleghe e le mangiava vive, dopo aver tolto loro gli occhi.

Bolle di raccapriccio riempirono l'acqua, mentre Ercole guardava Claude interrogativamente.

– Ebbene un giorno, – proseguì la Carpa – decidemmo che era ora di finirla con questo bellimbusto. Gli preparammo un'esca particolare. Avevamo notato che la merenda preferita di Claude quando pescava era il formaggio. Un nostro amico pesce gatto, capace di resistere anche dieci giorni fuori dall'acqua, scivolò nella latteria del paese e rubò un'intera forma di taleggio. Ne preparammo una fetta, dentro alla quale nascondemmo un grosso amo e un robusto pezzo di lenza trovati sul fondo. Con una codata, lanciai l'esca sulla riva. Quando Claude vide il formaggio, avido com'era, lo ingoiò in un boccone. Ma all'altro capo della lenza eravamo legati in sedici, come un tiro da slitta, otto grosse carpe e otto pesci siluri. Uno strattone e Claude fu trascinato sott'acqua. Lo sbranammo pezzetto per pezzetto, giuro sui miei seicentododici figli, e ora vi mostro tutto ciò che è rimasto di lui. Una scarpa!

– Hurrah – bolleggiarono i pesci, mentre la Regina Carpa teneva alto un vecchio stivale verde, come un trofeo.

– E ora, – disse la Regina – abbiamo qui come ospite d'onore la triglia Roger che ci racconterà come ha affondato un peschereccio giapponese da duemila tonnellate.

La mattina dopo, al Bar della Pinna, apparvero a sorpresa Claude ed Ercole, con l'attrezzatura completa, canna, cestino e guadino. Tutti gli si fecero intorno, contenti ma un po' dubbiosi.

– Ehi che fate, riprendete a pescare?

– Sì – mugugnò Ercole.

– Ma allora quella storia dei pesci... e il vostro tentativo di ascoltarli...

– Lo abbiamo fatto, lo abbiamo fatto – rispose Claude.

– Bene, – esclamarono tutti – allora ditelo anche a noi! Cosa si raccontano i pesci?

– Balle – disse Ercole.

– Proprio così, – disse sospirando Claude – delle gran balle. Che ci crediate o no, sono ancora più bugiardi di noi pescatori.

E non ne volle parlare mai più.

IL NEOTECNICO DA BAR

Forse nulla testimonia la velocità di trasformazione del nostro secolo, quanto l'evoluzione del tecnico da bar.

Col termine "tecnico da bar" indichiamo un intenditore sportivo (o presunto tale), capace nella conversazione di godere del prestigio e della fiducia di tutti.

Per godere della qualifica di tecnico da bar prima dell'avvento della televisione era sufficiente frequentare lo stadio, parlare un italiano medio e leggere almeno un quotidiano sportivo. Esempio di discorso paleotecnico pretelevisivo:

"A mio parere Meazza è in grado di fornire un concreto apporto alla nostra nazionale, in quanto contro l'Inghilterra saprà evitare con i suoi dribbling i maschi contrasti degli avversari, tra cui, pur non avendolo mai visto, mi dicono sia da temere un certo Hunt, o Hunter".

Con l'arrivo della televisione il tecnico fu costretto ad allargare l'area geografica di competenza, nonché la precisione delle informazioni e la conoscenza di altre lingue, specialmente l'inglese.

Esempio di discorso della prima era televisiva, o Catodico Primario:

"Secondo me Rivera merita più di Mazzola il posto in squadra, in quanto sa crossare meglio e la Germania ha una difesa, con Hotges e Sieloff, che ho visto in difficoltà sui palloni alti. Per cui non sono d'accordo né con la recente intervista dell'allenatore Fabbri, né col direttore della 'Gazzetta', mazzoliano di antica memoria, come il mio archivio testimonia".

Negli anni ottanta la proliferazione dell'informazione calcistica aveva già portato il linguaggio del tecnico a questi livelli:

"Non capisco come faccia Bearzot a far giocare Gentile che nelle ultime dieci partite, secondo le pagelle dei quattro maggiori quotidiani sportivi, ha una media voto di 5,85, inoltre è in difficoltà contro gli avversari veloci e il danese Simonsen è capace di correre i cento metri sotto gli undici secondi. Oltretutto la Danimarca non gioca più un rigido quattro-tre-tre, ma un quattro-quattro-due elastico per cui non sono per niente d'accordo né con Stadio né con France Equipe".

Il tecnico moderno computerizzato e satellitare si esprime così:

"Se Sacchi mette Di Matteo su Gascoigne, Maldini slitterà al centro e allora il nostro possesso di palla calerà dal 54% al 48% in quanto Gascoigne porterà Di Matteo fuori zona e nel corridoio si infilerà Mac Manaman che alla televisione inglese ho sempre visto segnare partendo da destra, ed è così che i turchi del Besiktas han fregato la Fiorentina in coppa, oltretutto Maldini ha un tallone infiammato, ho visto la lastra su Internet, e ho letto su 'Vip' che ha problemi sentimentali".

Ma il momento in cui maggiormente si nota la differenza tra il paleotecnico e il neotecnico, è il momento del calciomercato, quando si acquistano i nuovi giocatori.

Negli anni cinquanta, quando cominciarono ad arrivare i primi campioni dall'estero, la parola "oriundo" suonava all'incirca come "azteco" o "alieno". Ricordo un signore che guardando il titolo del giornale *Arrivano gli oriundi* commentava scuotendo la testa "E avevamo appena finito con i tedeschi!". Ma quando arrivarono i primi oriundi, Maschio, Vinicio e Angelillo, il tecnico da bar era già pronto a esprimere il suo parere:

"Angelillo è forte di testa e di piede, di carattere bizzarro, e giocava nel Boca Juniors".

Con questa frase il tecnico esprimeva una meravigliosa competenza calcistica e umana, e suggeriva lontananze esotiche e scenari con palmizi. Vediamo, tanti anni dopo, cosa può accadere in una discussione tra due neotecnici da bar.

Firmino è un tecnico satellitare, che ha sul tetto di casa una succursale della Nasa, una fungaia di parabole che gli permette di seguire le partite di centosei paesi, a tutte le ore del giorno e della notte, intervallate da telegiornali tedeschi, quiz turchi e pompini inglesi.

Gastone è un tecnico multimediale itinerante, nel senso che non solo guarda la televisione, ma legge numerosi giornali sportivi italiani ed esteri. Oltretutto, in quanto rappresentante di pasta, viaggia in tutta Europa e vanta conoscenze nelle varie tifoserie.

Lo scontro iniziò in estate, quando su un quotidiano sportivo uscì il titolo:

L'Inter è interessata al giovane talento ghanese Oukruma.

Logico che, all'apparire di Firmino, metà bar si recasse in pellegrinaggio dal suo oracolo per aver notizie su questo misterioso giocatore. Firmino si concentrò brevemente e sentenziò:

– John Fitzgerald Oukruma ha diciannove anni, è un longilineo, ha vinto i campionati africani juniores, gioca centravanti nei Leoni di Accra ed è un grande talento. L'ho visto spesso giocare alla televisione algerina e si troverà benissimo nel campionato italiano, il suo idolo è Baggio ed è un ragazzo molto serio. Sarà un ottimo acquisto.

In quell'attimo si udì, dalla zona biliardo, un rauco colpo di tosse, il grido di guerra di Gastone. Questo rumore segnalava l'entrata in scena del tecnico, quasi sempre in polemica.

– Mi meraviglio di lei, signor Firmino. Oukrumah (con la acca finale), James Fitzgerald (e non John Fitzgerald) ha ventisei anni, è piuttosto massiccio, non ha giocato i campionati africani juniores perché era infortunato, gioca nei Leoni di Accra come seconda punta, ma è quasi sempre in panchina. È un mediocre giocatore, ne ho parlato col suo allenatore Meier, un tedesco trapiantato in Ghana, e lui stesso mi ha detto che non è adatto al nostro campionato, gli piace troppo la birra e l'unica cosa che conosce dell'Italia è Sofia Loren. Sarebbe un acquisto inutile e rovinoso.

A sera, la spaccatura era totale: da una parte i firminiani per cui Oukruma era già un fuoriclasse, anzi "il nuovo Pelé". Dall'altra i gastoniani per cui Oukrumah (con la acca finale) era una bufala. Un ristretto manipolo di neutrali attendeva l'evolversi della situazione. Su quella disputa, Firmino e Gastone si giocavano un bel po' della loro reputazione di tecnici da bar: e fu Firmino a fare la prima mossa. La mattina dopo, nella bacheca delle paste, apparve un cartello:

Stasera ore 20, sala tressette... Dibattito su "John Oukruma, il nuovo Pelé". Partecipano Firmino, l'ex allenatore delle giovanili dell'Inter Sironi e il calciatore Biscutti. Seguirà il filmato registrato dell'incontro Ghana-Marocco juniores.

Firmino s'era subito messo a giocar pesante. Quella sera più di duecento persone si accalcarono nella saletta, in un clima di febbrile interesse. Ci fu un lungo dibattito tecnico, domande ai relatori e poi la proiezione della partita, nella quale Oukruma, indicato col numero nove, segnò due gol e ottenne l'approvazione generale.

– Siamo tutti certi, – fu la perfida conclusione di Firmino – che con questa serata abbiamo messo fine a sterili polemiche e soprattutto abbiamo chiuso la bocca alle chiacchiere di chi, senza l'ausilio dei mezzi più moderni, tra una spaghettata e l'altra, simula una competenza calcistica che non gli appartiene.

Era una bella stoccata contro Gastone. Ma la risposta non si fece attendere. Il giorno dopo in bacheca apparve un nuovo annuncio:

Stasera ore 21, sala biliardo, grande serata sportiva. Gastone presenta Carmelo Cicca, il famoso inviato sportivo, nella conferenza "La truffa di Accra: il mio viaggio in Ghana alla ricerca del talento fantasma". Al termine, amatriciana gratis per tutti.

Era davvero una risposta in grande stile. A parte la corruzione gastronomica, Carmelo Cicca era il più polemico, volgare e discusso giornalista sportivo, e per questo aveva un grande seguito. Quando arrivò e cominciò a sputare insulti su tutti, il clima diventò subito incandescente. Cicca raccontò che era andato ad Accra per ammirare Oukrumah, il nuovo Pelé, ma aveva visto un botolo rotolante incapace di correre per più di venti metri. Inoltre nel suo albergo non c'erano né il frigobar, né le puttane, e i camerieri non capivano un cazzo. Anche lui conosceva il filmato di Ghana-Marocco, ma il numero nove, autore dei due gol, non era Oukrumah, ma tale Jerry Fitzsimmons Oukambo, già opzionato dal Barcellona. Oukrumah non era nemmeno stato convocato.

– Mi sembra evidente, – concluse trionfante Gastone – che qualcuno, rimbambito da troppa televisione, crede che si possa giudicare un giocatore masturbando un telecomando, mentre per il vero intenditore valgono l'osservazione diretta e la serenità di giudizio, doti che a qualcuno difettano. E ora tutti a mangiare gli spaghetti del Mulino Radioso, la pasta del vero tifoso!

Gastone aveva messo a segno un colpo a cui era molto difficile reagire, anche se corse voce di un assegno di un milione versato a Carmelo Cicca, con fiera smentita dei gastoniani.

– Calunniate perché siete in difficoltà, – dissero – vediamo cosa avrà da ribattere il vostro grande esperto!

– Lui non si arrende per così poco – risposero fiduciosi i firminiani.

E Firmino non si arrese. Due giorni dopo, un avviso a caratteri cubitali occupava tutta la vetrina del bar.

Stasera ore 20, nella sala tivù Firmino presenta: "John Oukruma, il nuovo Pelé", che risponderà personalmente ai tifosi e spiegherà perché è contento di giocare in Italia. Inoltre, in collegamento satellitare con la tivù ghanese, mostreremo i cento gol più belli segnati da Oukruma nella sua carriera.

Quella sera la sala era stipata di persone, ce n'erano anche sopra e sotto i biliardi. Un mormorio di stupore, che si tramutò in un grande applauso, salutò l'ingresso di John

Oukruma, un ragazzo alto un metro e novanta, con un sorriso accattivante.

– Sono contento me giocare Italia, – disse – e penso che ho doti per sfondare qui. Certo non potere fare sessanta gol in uno campionato come con Lioni di Accra, ma spero giocare bene lo stesso per fare contenti mister, tifosi e mio amico Firmino che mi ha pagato aereo per venire qui a conoscere voi, e io ringrazio lui tanto.

Un brusio di approvazione percorse il pubblico: sessanta gol in un campionato! E che fisico da corazziere! E parla già un po' di italiano!

Il collegamento satellitare col Ghana non fu possibile, in quanto, disse Firmino, c'erano dei disturbi imputabili a una cometa. Ma Oukruma firmò autografi e conquistò tutti con la sua simpatia.

– Stasera amici, – concluse Firmino, con ampio gesto sacerdotale – abbiamo definitivamente sgomberato il campo dagli spaghettari dell'ultima ora e dai cialtroni che confondono lo sport con l'insulto e la calunnia. Sono lieto di dire che da questo momento il calcio italiano ha un campione in più e un tecnico del cazzo in meno.

Si levò un applauso entusiasta e fischi di dileggio all'indirizzo di Gastone. Che però non si spaventò ed emise il suo caratteristico colpo di tosse.

– Ehm, – disse – posso fare qualche domanda al "nuovo Pelé"?

– Una sola – rispose Firmino, visibilmente nervoso.

– No, almeno tre: *primo*, come mai parla così bene la nostra lingua se è in Italia solo da stamattina? *Secondo*, come si chiama l'allenatore dei Leoni di Accra? *Terzo*, se vuole gentilmente mostrarci un documento di identità, perché vorremmo essere sicuri che è veramente John Oukrumah, con o senza acca!

Dopo queste parole, il clima si arroventò. Volarono urla, insulti e anche qualche ceffone. I firminiani sostennero che quella era una provocazione, e non era bello offrire un simile spettacolo a un campione appena arrivato in Italia. I gastoniani ribattevano che un calciatore costa fior di miliardi ed è giusto che il tifoso pagante sia garantito. Firmino, dopo essersi consultato col "nuovo Pelé" sedò il tumulto con un gesto autoritario e disse:

– Nessun problema, John risponderà.

– Certo – disse il ragazzo, con un sorriso smagliante. – Io parlo un poco italiano perché massaggiatore di mia squadra è italiano, di Pisa. Allenatore di Lioni di Accra è mister Meier, di Amburgo. Ho lasciato il passaporto in albergo, ma ho qua mia tessera di cineclub con foto.

– Ecco la prova della truffa! – urlò Gastone. – Il massaggiatore dei Leoni di Accra è gallese, me lo ha detto un suo concittadino che fa il rappresentante di ketchup per tutta l'Africa centrale. Meier è stato trombato e sostituito una settimana fa, ma il sedicente Oukruma manca dal Ghana da troppo tempo per saperlo. Non ci incanta con quel tesserino falso! E sapete perché il signor Oukruma manca da tempo dal Ghana? Perché il mese scorso l'ho visto vendere elefantini di legno alla stazione di Milano. È un "vu' cumprà" riciclato, altro che "nuovo Pelé"!

– Non è vero, – urlò Firmino – sei un calunniatore!

– Allora, – disse Gastone, lanciando un pallone – il tuo fuoriclasse ci faccia almeno duecento palleggi di fila e gli crederemo.

– Sì è vero, – gridarono i gastoniani – la prova pallone, la prova!

– Uomini di poca fede, – gridarono i firminiani – miscredenti, infedeli, razzisti!

– John è troppo emozionato, – protestò Firmino – e poi come fa a palleggiare dentro un bar?

– Maradona palleggiava dentro una cabina telefonica, – inventò lì per lì Gastone – e comunque se ci riesce, bene, se no siete due truffatori!

La situazione era a un punto critico. I due gruppi si fronteggiavano, volavano spinte e calcioni. Il ghanese era sempre più pallido, e il barista stava già per chiamare la polizia quando Cristiano, detto Cric, tuonò:

– Fermi tutti!

E tutti si fermarono, perché Cric era un facchino dell'ortomercato capace di sollevare un biliardo e tirartelo in testa, se si incazzava.

– C'è una notizia dell'ultima ora su "Sport Sera", – disse Cric – e ve la leggo.

Sfumato l'acquisto del nuovo Pelé.

L'Inter ha rinunciato all'acquisto di James Oukruma, il giovane talento ghanese, che andrà a giocare in Olanda. Al suo posto è stato opzionato il centrocampista islandese Odin Gutturvidilsson, del F.C. Reykjavík, costo dieci miliardi.

Seguì un lungo silenzio. Poi tutti volsero lo sguardo, come sempre, ai due tecnici.

– Ho visto giocare Odin il mese scorso – disse Gastone. – Sul campo ghiacciato se la cava, ma quando arriverà il caldo si squaglierà come un ghiacciolo.

– Ricevo Teleislanda perfettamente, – disse Firmino – e vi dico che Odin è un atleta straordinario, viene dallo sci di fondo, correrà per tutto il campionato il doppio degli altri.

– Allora, faccio questi palleggi o no? – chiese il nuovo Pelé.

Ma nessuno lo ascoltava più. La discussione verteva ormai sulla cifra, cioè se Odin valeva veramente dieci miliardi, e venivano fatti confronti col costo di Baggio, con duecento ettari a frutteto e con il deficit dell'Inps. Già era nata una nuova polemica, un nuovo dibattito, un nuovo dilemma filosofico, nell'ultima vera passione civile che riscalda il nostro popolo.

IL PICCOLO FRANZ

(favola dolce)

Il piccolo Franz nacque una notte d'inverno nella ridente cittadina di Schwartzbruck, nelle alpi austriache, famosa per le sue piste da sci e i suoi dolcetti da tè.

Il fornaio Jacob Schwartz quella notte si sentiva particolarmente felice e ispirato. La luna brillava nel cielo limpido illuminando le cime dei monti Schwartzberg, e il vento soffiava sulla strada, sollevando spruzzi di neve leggera come zucchero.

L'odore del forno Schwartz saliva lungo la strada di passo Schwartzpass fino a cima Schwartzgipfel e da lì si effondeva in tutta la valle di Schwartztal. Fischiettando il "valzer dei fornai" di Johannes Schwartz, il fornaio Jacob e suo figlio Jasper frissero nel padellone la più squisita combriccola di piccoli vispi krapfen dell'anno. Erano quaranta, tutti uguali, bianchi e rotondetti, ma dopo pochi minuti di cottura diventarono color oro brunito, e dopo che la signora Annelise Schwartz li ebbe incipriati di zucchero a velo, fu presa da materno giubilo ed esclamò:

– Eccovi qua, tesorini miei.

– Siamo noi i tesorini? – chiese il piccolo Franz.

– E chi se no? – disse Werner, suo fratello.

– Siamo pronti per allietare il mondo – disse sorella Siglinde.

– E cosa faremo per allietarlo? – chiese Franz.

– Verremo mangiati – disse sorella Pieke.

– È un grande onore per noi – disse sorella Waltraud.

– Sarà... – disse Franz.

Quindi la mattina dopo i tesorini erano tutti in fila per otto (o se preferite per cinque) nella bacheca della pasticceria Schwartz. Ed entrarono le belle contesse impelucate di volpi ed ermellini, e i marchesi con giacconi di lupo, e le giovani ereditiere inguainate in rosei pantavento e ragazzoni benestanti con sci in spalla e tute rosse da slalom. Tutta la crema di Schwartzbruck passava dal pasticciere Schwartz per la prima colazione.

Dalle otto alle nove ben trentaquattro, tra fratelli e sorelle di Franz scomparvero in blasonate glottidi. Restarono solo Franz, Salomè, Waltraud, Sigmund, Werner e Siglinde.

Subito dopo Salomè fu divorata da un bimbo biondorotondo che si spalmò di crema tutta la faccia.

Werner fu sbocconcellato dalla graziosa nonché carinziana baby-sitter del bambino biondorotondo.

Waltraud fu ingoiata come una pillola dal maestro di sci Schwartzmaster che corteggiava da tempo la baby-sitter carinziana.

– Siamo rimasti in tre – sospirò Franz.

– Chissà perché noi dolci piacciamo tanto agli uomini – disse con un certo orgoglio Werner.

– Credo sia qualcosa legato alla fase orale e al bisogno di affetto primario – sussurrò Sigmund.

– Prego?

– Niente, dicevo così per dire – disse Sigmund.

Ed ecco che entrò nientemeno che la marchesa Eleonora Von Schwartzbach-Badgastein, moglie di Otto Schwartzkopf, quello delle auto Schwartzwagen.

– Jacob, mi dia un po' di dolci, – disse la marchesa – li voglio portare in città a mia sorella la marchesina Anastasia: mi dia dei bignè, delle crostatine alla frutta, due o tre meringhe e quei piccoli graziosi krapfen lì.

Così, impacchettati in carta dorata, sotto un archetto di cartone, i tre fratelli partirono in auto verso la capitale. Ma, scherzo del destino!, la Schwartzwagen milleotto sbandò sul ghiaccio di un tornante dello Schwartzpass, il cofano bagagli si aprì, ne uscirono le valigie e il dolce involucro. Le valigie furono recuperate ma le paste rimasero in mezzo alla strada, dimenticate.

Venne la notte e il gelo torturava i nostri amici, che oltrettutto, nel buio dell'imballaggio, ignoravano cosa fosse accaduto.

– È questa Vienna? – chiese Franz.

– Se è così, è ben triste e silenziosa – disse Werner.

– Non siamo a Vienna – disse Hanna, una meringa che era rimasta seriamente fratturata nell'incidente. – Siamo in mezzo a una strada gelida e solitaria, e la nostra fine è vicina.

– Buuah – pianse un bignè, spruzzando crema alla nocciola.

– Ma no, ma no – disse Greta, la crostata al mirtillo. – Vedrete che qualcuno ci troverà. Abbiate fede.

La sua speranza fu esaudita. Transitò di lì, al lume della luna, il piccolo Hansel Schwartz, un contadinello che tornava da scuola. La scuola distava ottanta chilometri e tre valli dalla sua baita, perciò Hansel si alzava ogni mattina alle cinque per essere a lezione alle dieci. Alle quattro lasciava la scuola per rientrare verso mezzanotte (il ritorno era in salita). Ma il ragazzo non si lamentava, anzi cammin facendo raccoglieva funghi e lamponi, e nelle ore libere aiutava il padre Adolf e la madre Eva nei lavori baitali. Hansel vide brillare nella neve il pacchetto dorato con la scritta "Pasticceria Schwartz", lo raccolse e lo trasportò delicatamente appeso al mignolo, come aveva visto fare in paese. Dopodiché bussò eccitato alla porta di casa.

– Mamma, mamma, guarda cosa ho trovato!

– Oh piccolo Hansel, – disse la madre, scartando il pacchetto e rimanendo senza fiato – ma queste sono paste!

– Paste? Chi ha detto paste! – tuonò una voce dalla legnaia, e uscì babbo Adolf, col barbone rosso pieno di pigne e il cappello adorno di piume d'orso. – Non voglio che si pronuncino certe parole borghesi ed effeminate in casa mia. E tu Hansel, prima di toglierti il cappello, devi andare a mungere le mucche, a raccogliere il fieno, a fare la legna e a spaccare i compiti, fannullone!

– Ma papà, – disse Hansel – guardale, le ho trovate per strada, sono bellissime e fresche.

Adolf esaminò il contenuto del vassoio e il suo volto da arcigno divenne furibondo. Prese Hansel e lo schiaffeggiò ripetutamente. Prese la moglie a calci. Tirò il collo al gatto di casa, e spaccò un grosso ceppo di abete con una testata. Dopodiché si sedette pensieroso. I suoi scatti d'ira erano terribili, ma dopo si sentiva meglio.

– Vedi, caro figliolo, – disse con voce pacata – capisco l'emozione e il turbamento che ti danno questi dolciumi. Ma essi sono creature del demonio! Fai entrare solo una volta il lusso in una casa modesta ed essa crollerà! Si comincia con un piccolo dolce, e poi ecco l'indolenza, la pigrizia, la tabe, la malattia, la corruzione! Tuo zio Hermann una volta portò in casa una scatola di marron glacé e in un mese tutti e dieci i suoi figli diventarono omosessuali. Non possiamo tenere queste diaboliche leccornie nella nostra modesta e onesta baita.

– Oh Adolf, ti prego, – intervenne la moglie – sono tanto graziose! Facciamo così: non le mangiamo e le teniamo sul comò, da mostrare agli amici.

– No – disse Adolf. Afferrò le paste e le buttò nel fuoco. Tutte bruciarono, meno una: il piccolo Franz, che per un fortunato rimbalzo finì lontano dal camino, in un mucchio di foglie secche. Il piccolo Hansel se ne accorse, ma non disse nulla.

Quella notte Hansel si svegliò, raccolse le sue poche cose in un calzino, infilò il piccolo Franz in tasca e fuggì dalla baita per cercar fortuna a Vienna. Camminò, camminò a lungo nella neve, finché vide in lontananza le luci della capitale. Non toccava cibo ormai da tre giorni, e l'unica cosa che gli restava da mangiare era il piccolo Franz. Ma quando lo tirò fuori di tasca piccolo, sciupato, rinsecchito, esitò un istante.

– Non mangiarmi, – disse subito il krapfen – e io ti porterò fortuna.

– Ma tu parli, – disse Hansel – come mai?

– È necessario all'economia del racconto – disse Franz.

Hansel non capì ma si fidò.

– Ora, – disse il piccolo Franz – portami a questo indirizzo: marchesa Anastasia Von Schwartzbach-Badgastein, Schwartzstrasse 123, e dille così:

"Marchesa, ho trovato questo krapfen che le appartiene sulla strada montana di Schwartzbruck e poiché sono incredibilmente retto é onesto, gliel'ho riportato senza nulla o quasi sperare in cambio".

Come Franz aveva previsto, la marchesa fu molto colpita dal gesto, e si commosse fino alle lacrime. Assunse il contadinello alle sue dipendenze e lo fece studiare nella più grande scuola viennese per cuochi. Hansel diventò il miglior chef del paese e cucinò per tutte le famiglie reali europee. Portò sempre con sé il piccolo Franz incastonato in un anello.

I suoi genitori Adolf ed Eva morirono sotto una valanga. Il maestro di sci, rifiutato dalla baby-sitter carinziana, si uccise lanciandosi dalla pista di libera all'indietro. La baby-sitter sposò un rappresentante di pannolini. Jacob il pasticciere morì di diabete da contatto e suo figlio trasformò la pasticceria in un'orribile libreria. La mamma si risposò con uno scultore di pupazzi di ghiaccio.

In quanto al bambino biondorotondo che si era spalmato la crema in faccia, di esso si sono perse le tracce. Chi ne avesse notizie, è pregato di informarci con cortese sollecitudine.

L'UIB E L'UCV
(L'Uomo Invisibile al Barista e l'Uomo Col Vocione)

Di tutte le creature mai entrate in un bar, l'UIB (l'Uomo Invisibile al Barista) è forse la più sfortunata, e il suo destino merita la nostra compassione e solidarietà. L'Uomo Invisibile (apparentemente visibile) entra nel bar all'ora di punta, fa lo scontrino e si mette in fila dietro a coloro che hanno già guadagnato il bancone. La sua postura classica è quella *"a ballerino di flamengo"*, detta anche *"io lo so signora maestra"*, vale a dire col braccio alzato che ostenta lo scontrino. Oppure può usare la posizione "struzzo", infilando da dietro un braccio tra due cappotti, e contemporaneamente cercando di posare lo scontrino sul bancone.

Nel tentativo di essere notato, e servito, l'UIB emette dei piccoli sibili da crotalo, o rumorini quali schiocchi di labbra e timidi "scusi" accompagnati dal refrain "un caffè per favore". Ma per quanti sforzi faccia, nessun barista lo vede, né lo ascolta; e questa è la sua maledizione.

Il barista dà retta a tutti meno che a lui, serve alla sua destra e alla sua sinistra, sorride e scherza con gli altri clienti, le masse entrano ed escono e l'Uomo Invisibile è sempre lì, col suo scontrino stropicciato in mano, che emette suoni sempre più scomposti e grida rauche. Quando riesce ad aggrapparsi al bancone, la situazione sembrerebbe risolta. Con un sospiro di sollievo, sventolando lo scontrino e guardando il barista negli occhi dice con un fil di voce:

– Un caffè per favore.

Ma tutto è vano.

Il barista aggrotta la fronte e risponde bruscamente:

– Un momento, non vede che sto servendo la signora?

Dal nulla infatti si è materializzata una vecchiaccia impellicciata che guarda con odio l'Uomo Invisibile che, secondo lei, le è passato davanti. Non serve all'UIB scusarsi. Dovrà andarsene vergognandosi poiché tale è il suo immutabile destino. Ho visto Uomini Invisibili sdraiarsi sul bancone e i baristi servire aperitivi sul loro corpo. Li ho visti languire ore e ore in fila, senza un lamento, li ho visti entrare nel bar con un oboe e lanciare suoni struggenti nell'indifferenza generale. Li ho visti spogliarsi e ballare nudi il tiptap. Li ho visti scavalcati nella fila da bambini di tre anni. Li ho visti, esasperati, rubare il caffè di un altro e venire picchiati. Li ho visti ottenere finalmente il loro caffè per vederselo bere da un cieco sbucato dal nulla.

Ma ciò che veramente fa soffrire l'UIB, dandogli la certezza dell'ingiustizia cosmica, è l'apparizione dell'UCV (l'Uomo Col Vocione).

L'Uomo Col Vocione (UCV)

Mentre l'Uomo Invisibile è lì da ore, che regge lo scontrino mentre tutti lo urtano e lo scavalcano infastiditi, e il barista come sempre lo ignora, ecco entrare l'Uomo Col Vocione. Il quale, senza nemmeno guardare il bancone, tuona:

– Un caffè, per favore!

E tutti si voltano. Perché c'è nella sua voce un timbro, una possanza, un'autorità che non può passare inosservata. Quella è la voce di chi non può aspettare, di chi dirige aziende ed eserciti, e risuona nell'aria imperiosa, ineludibile, irrimandabile.

– Pronto il caffè, signore – dice il barista sorridente, e in pochi secondi fa apparire piattino, tazza e zucchero.

A differenza dell'UIB, che è sempre perlomeno a tre metri dalla zuccheriera, l'UCV ottiene sempre, magicamente, la vicinanza del prezioso oggetto cromato. E non ha nemmeno bisogno di passare alla cassa: l'Uomo Col Vocione fa sempre lo scontrino "dopo" aver bevuto il caffè perché c'è qualcosa nel suo aspetto che ispira fiducia a ogni barista. Inoltre l'UCV lascia il suo scontrino *immancabilmente vicino* a quello dell'UIB, dimodoché il barista possa ritirarli tutti e due insieme e stracciarli, mettendo l'UIB in ulteriori difficoltà.

Non proseguirò nell'elenco di tante sfortune. Se appartenete alla categoria degli Uomini Invisibili, posso solo darvi alcuni consigli su come guarire dal vostro destino:

1. Fatevi il caffè a casa.
2. Diventate barista.
3. Se siete un Uomo Invisibile, sposate una Donna Col Vocione, se siete una Donna Invisibile sposate un Uomo Col Vocione.

Avrete figli UIBUCV che otterranno una media attenzione e la zuccheriera a una distanza passabile.

UNDERGROUND

In quell'angolo tra due pareti la luce giungeva fioca e rossastra, accendendo di bagliori infernali la corazza di Capitan Carabus. La sua ombra si disegnava come quella di un drago sul muro bianco. L'aria calda del tombino faceva vibrare la lunga lancia.

– Ho bisogno di tre volontari per liberare la principessa Bea – disse con voce marziale, che lasciava però trasparire una forte tensione. Dalle file dei Guerrieri Neri si levò un mormorio. Poi il più imponente, il leggendario Scaraffa, orbo e zoppo per le mille battaglie, chiese a nome di tutti:

– E dov'è prigioniera la principessa?

– In un Centopiedi – chiese Capitan Carabus.

I Guerrieri Neri scricchiolarono di paura. Entrare in un posto come quello significava morte certa. Molti se la svignarono. Ne restarono solo quattro.

– Come faremo a trovarla? – chiese il giovane Cockroach, che aveva tatuato sul dorso lucido un teschio con la scritta "No future".

– Una Ronzante l'ha vista e ci guiderà sul posto. La principessa è chiusa in una gabbia di vetro, in cima a una Montagna argentata.

– È troppo rischioso, – disse il vecchio e saggio Cafardo scuotendo il testone – anche se riuscissimo a passare indenni nella terra del Centopiedi, come apriremo la gabbia?

– Ce la possiamo fare, – disse Capitan Carabus, drizzando fieramente la lancia – comunque, se nessuno se la sente, andrò da solo.

– E cosa ci guadagniamo? – chiese ironicamente Van Blatter il maculato.

– Il posto è pieno di sabbie dolci e di briciole. Così ha detto la Ronzante.

– Beh, questo cambia le cose, – disse Scaraffa – allora ci sto.

– Anch'io, – disse spavaldo Cockroach – io non ho paura.

– Io invece ho paura, – ammonì Cafardo – nessuno della mia famiglia è uscito vivo da un Centopiedi. Nemmeno un Macrodontio Cerviconio ce la farebbe.

– Allora resta a casa, vecchio Cafardo, – rise beffardo Cockroach – sarai il primo della tua famiglia a fare una bella morte naturale, schiacciato o annegato in qualche pisciata.

– Zitto, pivello, – ringhiò Cafardo – io rubavo nei supermercati quando non eri ancora nato. E sono fuggito tre volte alla Grande Scopa. Verrò con voi. La mia esperienza vi servirà.

– Siete tutti matti – disse Van Blatter, scuotendo la testa, e caracollò via.

– In quattro ce la faremo, – disse Capitan Carabus – appuntamento nel cortile tra un'ora, vicino al Grattacielo Bianco. Coraggio e Ska!

– Ska-rah-rah! – fecero eco gli altri, alzando le lance nel grido di battaglia dei Guerrieri Neri.

Vicino al Grattacielo Bianco con la scritta "Freezer", li attendeva la Ronzante. Era piccola, pelosa e i grandi occhi convessi ruotavano intorno sospettosi.

– D'accordo, vi porterò fino all'entrata del Centopiedi, ma non entro – disse con vocetta flebile.

– Fifona mangiamerda – sibilò a bassa voce Cockroach.

– Senti, bulletto, – replicò la Ronzante – mia madre ci è schiattata in quel Centopiedi, avvelenata dal gas tossico. Due mie sorelle sono morte invischiate nella Palude Gialla.

I miei fratelli, Elmer e Dipter, sono stati schiacciati e ridotti a un punto e virgola.

– Basta, basta, – implorò Cafardo – siamo già abbastanza spaventati. Andiamo e non se ne parli più.

Seguirono il volo della Ronzante. Dopo aver attraversato un folto bosco di ortiche, si spalancò davanti a loro un deserto grigio. C'era una strada da attraversare.

– Questo non ce l'avevi detto, Capitano – disse Cockroach, improvvisamente nervoso.

– Hai paura eh, pivello? – rise Cafardo. – Non avevi mai visto il Deserto di Pietra così da vicino, vero?

– Non sarai mai un vero Guerriero finché non hai attraversato una strada, – sentenziò Capitan Carabus – e poi non è tanto larga. Sarà circa duecento scarpe.

– Per me è almeno trecento scarpe – disse Scaraffa, grattandosi la schiena con la lancia, preoccupato.

– Va bene, è inutile tergiversare, – disse Carabus – procediamo in fila formica, distanti una scarpa uno dall'altro. Il primo che sente arrivare una Rombante, dia l'allarme.

Partirono di corsa con tutti e ventiquattro i piedi. La strada era dissestata, rugosa, e unta di macchie d'olio. Cockroach si fermò ad assaggiarne una. Da dietro Cafardo lo pungolò con la lancia.

– Cammina, scemo, non fermarti.

– Vado, vado – disse Cockroach, che aveva ritrovato la sua spavalderia. – Non è poi così male questa strada. Piena di puzze interessanti. E perché diventa bianca, adesso?

– La riga bianca vuole dire che siamo arrivati a metà. Ma per tutte le scope! – gridò Capitan Carabus. – Pericolo, pericolo!

– Che c'è?

– Una Rombante, le mie antenne hanno captato le vibrazioni – disse il Capitano. – Nessuno si muova da questa zona.

– Perché? – chiese Cockroach.

– Quasi sempre le Rombanti non passano sulla riga bianca, ma preferiscono correre su un lato o sull'altro – spiegò Scaraffa.

– *Quasi* sempre – disse Cafardo con un fil di voce.

L'asfalto cominciò a tremare. Da lontano videro brillare due gigantesche luci gialle, e la mole smisurata della Rombante si avvicinò a tutta velocità. Il rumore era quello di mille cicale impazzite. Cockroach sentì le gambe piegarsi per il terrore. Senza neanche accorgersene iniziò a correre fuori della riga bianca, verso il lontano marciapiede.

– Fermati! – urlò Cafardo.

Troppo tardi. La Rombante era già su di loro. Passò a meno di tre scarpe dal gruppetto, e proprio sopra il povero Cockroach. Poi in un attimo fu lontana, lasciando nell'aria una nube maleodorante. Carabus, Scaraffa e Cafardo tossirono, indolenziti ma illesi. Di Cockroach non c'era traccia.

– Maledizione, – disse Scaraffa – è rimasto attaccato alla gomma della Rombante, non ne è rimasto neanche un pezzetto.

– No, – disse Cafardo – non ho sentito il rumore della corazza che si schiantava. Guardalo, è là.

Sull'altro lato della strada Cockroach si dimenava a gambe in su. Lo spostamento d'aria l'aveva scaraventato a venti scarpe di distanza. Lo rimisero diritto, anche se barcollante.

– Te la sei fatta addosso, eh? – rise Cafardo.

– Niente affatto, – disse Cockroach – ho provato ad attraversare e, come vedete, ce l'ho fatta.

– Sei un giovane bugiardo e presuntuoso, – disse Cafardo puntandogli contro la lancia – e finirai come i tuoi fratelli, ridotto a un francobollo!

– Smettetela di litigare, – intimò Capitan Carabus – ecco lì il Centopiedi.

Nel blu sconfinato sopra di loro, brillava un'altissima insegna luminosa, una cometa rossa alonata di piccoli Ronzanti notturni.

BAR DELLA STAZIONE

Quello era il Centopiedi, il luogo dal quale pochi Guerrieri Neri erano tornati!

I quattro si avvicinarono prudentemente, lungo un sentiero di ghiaia. Scavalcarono i macigni con prudenza, attenti a ogni rumore. Ormai solo una grande parete di vetro li separava dall'interno del Centopiedi. Attraverso la cascata trasparente potevano vedere alcune Biscarpe ferme, e altre in movimento. Due Nere Traforate, una Baby Adidax gommosa e un Mocassino color diarrea.

– Ehi, mangiamerda, ma non avevi detto che era deserto? – protestò Scaraffa.

– No, ho solo detto che a quest'ora ci sono meno scarpe che di giorno – rispose la Ronzante. – Del resto, se non ci fosse nessuno, perché lo terrebbero aperto, cervello di cimice?

– Smettetela, – li interruppe Capitan Carabus – indicaci la strada.

– Dovete entrare e camminare lungo la parete di destra, – spiegò la Ronzante – finché arriverete ai piedi della Montagna argentata. Dietro alla Montagna vive un Biscarpe di cui ho visto solo la testa, che è pelata e deliziosamente sudaticcia. Sta lì e serve Delizie calde e fredde, che fanno briciole, gocce e schizzi. Gli altri Biscarpe chiacchierano, bevono, mangiano e poi vanno in un locale meraviglioso che si chiama Toilette, dove...

– Va bene Ronzante, basta coi particolari, – disse Capitan Carabus – dicci dov'è la principessa Bea.

– Sulla Montagna argentata c'è una Locomotiva che sbuffa e manda getti di vapore e di liquido nero. Davanti c'è la gabbia di vetro. Là dentro è tenuta prigioniera la principessa, insieme ad altri della vostra razza.

– È caduta o ce l'hanno messa?

– Questo non lo so, – disse la Ronzante – ma vi ho portato fino qui, e adesso datemi la ricompensa.

– Va bene, – disse Capitan Carabus – la carogna del gatto è nel terzo cassonetto, quello sotto l'albero dei bruchi.

– Yum – disse la Ronzante, e volò via.

– Sarà, ma io non le sopporto, – disse Cockroach – quando le vedo impiccate alla Palude Gialla, godo a pensare quanto sono fesse.

– Quella si chiama carta moschicida, – disse Cafardo – e nemmeno tu riusciresti a liberarti, se ci finissi dentro.

– Seguitemi, guerrieri! – intimò Capitan Carabus, puntando la lancia verso l'obiettivo.

Entrarono strisciando da una fessura sotto la porta, e si nascosero dietro uno stuoino lurido. Un Biscarpe marrone uscì subito, trascinandosi dietro un laccetto come una coda. Baby Adidax lo seguì saltellando.

– Bene, – disse Scaraffa – è uscito il piccolo gommoso, quelli sono un pericolo, non stanno mai fermi un istante.

– Ehi, – disse Cockroach – cos'è questa roba azzurra profumata!

Cafardo quasi lo ribaltò con un colpo di lancia.

– Cretino, è veleno per topi, vuoi morire?

– Ehi vecchio, – disse Cockroach – mi son sparato dei litri di Baygon e credi che abbia paura di questa robetta!

Carabus li richiamò con un fischio ultrasonico. Si era avvicinato con prudenza ai piedi della Montagna e ne esaminava l'altezza.

– È una bella parete di metallo, – disse – ma è appiccicaticcia, ce la faremo.

Uno a uno si avviarono rapidi in verticale. Erano tutti provetti scalatori. Arrivati in cima, si nascosero dietro la Locomotiva. Faceva un gran caldo e c'era una nebbia profumata di tostatura.

Da lì osservarono la situazione. Era proprio come aveva detto la Ronzante. La Montagna argentata era piena di tesori. Granelli dolci, schizzi, briciole, sputi. C'era la vasca dorata con la sabbia bianca, una collezione di Zuccherose di tutti i colori e, dietro un vetro, una schiera di Tunnel dell'Amore pieni di crema. Ma quando videro nella gabbia di vetro la principessa Bea, lanciarono un urlo d'orrore, fortunatamente non avvertibile dalle orecchie dei Biscarpe.

La principessa era semisvenuta in cima a una catasta di

cadaveri neri. Ma era viva, e muovendo lentamente una lancia, segnalò ai quattro che li aveva visti.

– Che crudeltà! Sepolta tra i nostri morti! – gridò Scaraffa.

– Non sono cadaveri, – disse Cafardo – ho già visto quelle cose. Sono nere e molli, somigliano a noi ma non sono vive. Credo che le chiamino liquerizie, o burdigoni, o qualcosa di simile. La principessa lì dentro è ben mimetizzata. Ecco perché non si sono ancora accorti di lei.

– Speriamo che non se ne accorgano adesso – disse Cockroach.

– Ehi, barista, – disse Mocassino – quelle sono liquerizie?

– E cosa credi che siano? – rispose il Biscarpe chiamato Barista. – Scarafaggi?

– Puah, – disse Mocassino, sputando peli di sigaretta per terra – odio gli scarafaggi, ne avevo la casa piena, ne avrò fatti fuori a ciabattate almeno un centinaio.

– Bastardo, – disse Cockroach – vorrei essere velenoso e ti farei vedere io.

– Calmati e non farti vedere, abbassa la lancia – disse Cafardo.

– Beh, quelle liquerizie non hanno un bell'aspetto, ma dammene una – disse Mocassino. – Ho la bocca amara, non ho digerito.

Fu un attimo. La mano enorme del Barista si stava già avvicinando al coperchio. Videro il terrore negli occhi di Bea. La principessa era proprio in cima alla catasta, non c'era scampo per lei. Ma in quel momento Cafardo prese la decisione che lo avrebbe fatto passare alla storia. Uscì dal riparo della Locomotiva, trotterellò lungo il bancone e agitò ostentatamente le lance sotto gli occhi dei Biscarpe.

– Ehi! – disse Mocassino. – Guarda lì, uno scarafaggio!

– Maledetto – urlò il Barista, e calò una gran manata, ma il vecchio Cafardo con agilità impensabile per un insetto della sua età (quasi settantadue giorni) schivò il colpo e saltò sul pavimento, inseguito dai due energumeni.

– Andiamo, – disse Carabus – liberiamo Bea.

– Ma... e il vecchio? – esitò Cockroach.

– Si sta sacrificando per noi, facciamo in modo che non sia tutto inutile – gridò Scaraffa. Corsero lungo il bancone, e scalarono la parete della gabbia di vetro. Iniziarono a spingere il coperchio, senza riuscire a smuoverlo.

– Tutti insieme, con le zampe di dietro – ordinò Carabus. – Uno, due, tre, via...

Intanto risuonavano sinistri i colpi di scopa con cui il Barista cercava di accoppare il povero Cafardo, che correva con l'ultimo fiato rimasto.

– È andato di là, – esclamò Mocassino – verso il sacco della spazzatura.

– Ci si è infilato dentro quel bastardo, – disse il Barista – ma non mi frega, vuoto tutto per terra, pur di trovarlo!

– Cafardo è un vero guerriero, – disse Carabus – oh issa, issa, ci siamo!

Il coperchio rotolò per terra fragorosamente, ma i due umani nemmeno si voltarono. Erano troppo intenti alla loro caccia sadica. Dalle spire di una buccia di mela, avevano visto spuntare le antenne di Cafardo.

– Salta fuori, Bea! – gridò Carabus.

– L'ho presa, capo, – disse Scaraffa – la tiro su io.

– Orbo del cazzo, quella è una liquerizia, – gridò Cockroach – la principessa è qui: dammi una zampa, baby, ti faccio uscire.

– Mi dia del lei, giovanotto – disse Bea.

Nel momento stesso in cui la principessa veniva estratta dal vaso, un colpo di scopa risuonò orribilmente, accompagnato da un rumore che l'orecchio umano non poteva percepire, ma che significava morte per ogni Guerriero Nero. Lo scricchiolare estremo della corazza.

– Addio, Cafardo – disse Scaraffa, incrociando le lance nel saluto d'onore.

– Non c'è tempo per piangere, scappiamo – disse Cockroach.

– Accidenti, i Biscarpe tornano qui, – disse Carabus – presto, tutti dentro le sabbie dolci.

Si tuffarono nella bianca coltre della zuccheriera, scomparendo alla vista.

– Beh, se ci resto secco è una bella morte – disse Cockroach, masticando grani di zucchero a quattro palmenti.

– Zitti e non muovetevi, – disse Scaraffa – provo a tirar fuori un occhio.

– Cosa vedi?

– Stanno ridendo! Maledetti! Il Barista tiene il cadavere di Cafardo per una zampa. Lo butta via, sghignazza.

– E adesso?

– Ha messo in moto la Locomotiva. Sembra contento. Ha detto "E adesso ci facciamo un bel caffè!".

– Scappiamo, – disse Bea – o siamo perduti.

– E perché?

– Ho visto come fanno. Dentro al caffè ci mettono la sabbia dolce. Tra un po' verranno qui con la pala d'argento, la riempiranno di sabbia e finiremo nel caffè bollente. Ho visto morire una Coda-a-forbice così!

– Come lo vuoi il caffè? – risuonò la voce del Barista. – Io lo prendo amaro.

– Bene, – sussurrò Bea – "amaro" vuole dire niente sabbia dolce.

– A me due cucchiaini – disse Mocassino.

– Fuori! – gridò Carabus. Insieme a Bea e Cockroach riuscì a correr via e a nascondersi nella bacheca delle paste.

Da lì videro con orrore Scaraffa portato via sulla pala di metallo, acciambellato nello zucchero in modo da esser quasi invisibile.

– Cafardo, – urlava in ultrasuoni insettici – io ti vendicherò!

Scaraffa precipitò nel caffè, e da lì, orribilmente, nella bocca del Mocassino. Un attimo dopo l'umano iniziò a tossire, a sputare, a emettere rantoli strozzati. Il Barista gli dava delle gran pacche sulle spalle, senza alcun risultato. Gli occhi del Mocassino erano schizzati all'infuori come quelli di una mantide.

– Beh, Scaraffa non lo ucciderà, ma gli farà passare un gran brutto quarto d'ora – disse Carabus.

– Andiamo via – disse la principessa. – Non sopporto più tutta questa violenza.

– Io resto qui, baby – disse Cockroach, infilandosi in un Tunnel dell'Amore alla crema.

– Sei pazzo?

– Perché? Il nostro destino è breve. Tra una settimana, forse due al massimo, sarò già sotto qualche scarpa, o sprayato a morte. Voglio godermela qua dentro. Meglio un giorno da sballo che dieci di paura!

– Anch'io alla tua età, venti giorni fa, la pensavo come te, – ammonì Carabus – ma vedi, noi abbiamo un sacro compito nella vita: quello della riproduzione.

– Allora andate a scopare e lasciatemi in pace, – disse Cockroach, rotolandosi nella crema – *no future*!

– Andiamo, – disse Carabus – ormai è perduto. I bignè danno subito assuefazione. Ne ho visti tanti finire così.

Corsero fuori. La notte era umida e piena di smog, ma a loro sembrò bellissima. Videro Mocassino che vomitava sul marciapiede e il Barista che scuoteva la testa, perplesso. Si avviarono tra gli altissimi fili d'erba, cercando un rifugio dove riposarsi. Lo trovarono, in una bottiglia rotta. Dentro c'era un po' di rugiada notturna, e Bea si mise a bere a piccoli sorsi.

– Cara, – disse Capitan Carabus – non speravo più di rivederti!

– Oh caro, – disse Bea, sfregando le sue antenne contro quelle dell'amato – neanch'io.

– E io allora? – tuonò una voce nei pressi della bottiglia.

Si girarono e videro, attraverso il vetro verde, l'insetto più mostruoso che si potesse immaginare. Era alto come un gatto, gocciolante di muco giallo, tutto storto e monco, con le elitre accartocciate e un'antenna spezzata che strisciava per terra.

– Chi sei, creatura infernale? – urlò Capitan Carabus, uscendo dalla bottiglia lancia in resta. Ma la voce gli si strozzò in gola.

Davanti a lui c'era Scaraffa!

Il vetro concavo della bottiglia ne aveva ingigantito e deformato l'immagine, ma era proprio il vecchio guerriero. Ingoiato, glassato di succhi gastrici e vomitato, ma vivo!

– Amico mio – disse Carabus abbracciandolo. – È incredibile!

– Beh, – rise Scaraffa – anche nella vita di un piccolo scarafaggio può esserci una grande soddisfazione.

IL DIDITÌ, O IL DROGATO DA TELEFONINO

Creatura recentemente apparsa ma ormai tristemente nota. Il suo dramma non è il cellulare, ma la dipendenza, cioè il non saper rinunciare al telefonino nei luoghi più improbabili e nelle situazioni più scomode. Per questa ragione è detto DDT, ovvero Drogato Da Telefonino.

Ad esempio, il DDT è appena entrato nel bar e il cellulare trilla mentre sta bevendo un cappuccino. Il DDT continua a bere con la destra e risponde con la sinistra, oppure intinge il cellulare nella tazza e si attacca una brioche all'orecchio. Va alla toilette telefonando, e dentro si odono rumori molesti, sciabordio, e schianti dovuti alla difficoltà di compiere certe operazioni con una mano sola. Spesso quando esce ha il cellulare grondante e strane macchie sui pantaloni. Inoltre ogni anno circa duemila telefonini spariscono in turche o gorghi porcellanati. Una leggenda metropolitana li vuole clonati e usati dai ratti di fogna al posto della comunicazione ultrasonica. Il DDT risponde in qualsiasi situazione, posizione, e occasione. La sua prerogativa è infatti "l'effetto Colt": non può sentire un trillo senza estrarre di tasca l'arma, vive sempre all'erta come un pistolero, risponde velocissimo non solo al trillo del suo cellulare, ma anche a quello del vicino, al trillo della cassa, ai trilli dei telefoni in televisione e, in campagna, anche al canto dei grilli.

Ma soprattutto due sono le situazioni in cui la nevrosi del DDT esplode in tutta la sua violenza. La prima è quando è a una tavolata di ristorante e ha lasciato il cellulare nel cappotto. Udendo il trillo fatidico, che riconosce tra gli altri come il vagito del primogenito, balza sul tavolo, calpesta antipasti, rovescia sedie, ribalta tavoli e parte come una belva verso l'attaccapanni. Qua butta in aria pellicce e cappotti altrui, a volte per far prima li squarcia con un coltello, infila la mano nella fodera, sbaglia tasca, bestemmia e raggiunge il cellulare non appena questo ha smesso di trillare. A questo punto lo porta con sé sul tavolo, parcheggiandolo vicino al piatto. Dopodiché lo osserverà con odio tutta la sera, perché il cellulare resterà silenzioso, e suonerà solo una volta rimesso nel cappotto.

Un altro evento che mette in crisi il cellularista DDT è quando si accorge che nel locale il telefonino non riceve il segnale. Questo lo atterrisce come se gli si fermasse lo stimolatore cardiaco. Il DDT inizia a percorrere in lungo e in largo la stanza, striscia contro i muri, sale sui tavoli, salta come un canguro alla disperata ricerca di un segno di vita della sua creatura. Spesso si può vedere il DDT in una delle seguenti posizioni:

a. modello "Statua della libertà", in piedi sul tavolo col telefonino innalzato verso il soffitto;

b. modello "Gogna", con mezzo busto fuori dalla finestra, braccio proteso e mezzo congelato;

c. modello "Frontiera", deambulante avanti e indietro attraverso la porta, in un vortice di spifferi e proteste;

d. modello "Fisherman", col cellulare legato a una canna da pesca infilata nello spioncino dell'aerazione in alto a destra;

e. modello "Delega", nervosissimo dopo aver pagato un ragazzino perché gli tenga il cellulare fuori dal locale. La percentuale di restituzione è del cinquanta per cento, ma pur di avere il telefonino in funzione, il DDT corre questo rischio;

f. modello "Eremita", seduto sul cesso tutta la sera perché lì è l'unico punto dove riceve.

Che tipo di importante conversazione impegna il cellularista DDT? Quasi sempre è difficile stabilirne la logica e soprattutto la necessità.

Ne facciamo qui alcuni esempi, riportando solo le frasi del cellularista, e lasciando alla vostra fantasia la parte dell'interlocutore.

Telefonata progettuale

Sì io sto qui, tu dove sei?
Ah, e dopo dove vai?
Ho capito, allora ci sentiamo stasera?
No stasera non lo so, perché tu dove vai?
Sì forse vengo anch'io, ma tu ci sei?
Allora stasera ti chiamo per sentire se ci sei, se no mi dici dove sei, se no dove sei domani.
Sì, domani io sto qua, tu vai via o stai qua?
Se vado via chiama che ti raggiungo. Se no ti chiamo io per dirti che non vengo e che è inutile che chiami.
Senti e per le vacanze dove vai?
No io non torno là, tu ci torni?
Beh magari ti telefono se decido che torno, se no se decidi che torni mi chiami tu.
Va bene, sì ciao, ciao.
Senti, e a Capodanno cosa fai?
Ad libitum.

Conversazione irosa

Che cazzo vuoi?
Dove cazzo eri ieri sera?
E io che cazzo ci posso fare?
Di' che vada a fare in culo lui e tutta la sua baracca.
Non ci penso nemmeno, cazzi tuoi.
Certo, ciao amore, a stasera, amore (*bacetto*).

Conversazione urgente di lavoro

Sono Borghi, c'è il dottor Lamanna?

Lamanna? No, sono Borghi, vorrei il dottor Lamanna.

Dottor Lamanna, sono Borghi... Ah non è lei, me lo può passare da lì?

Sono sempre Borghi, santodio mi può passare Lamanna?

Scusi ma è un'ora che dite che mi passate Lamanna, me lo passate o no?

Borghi, sono Borghi, perdio!

Come "Cosa voglio?". Voglio il dottor Lamanna!

Lamanna? Ah ciao, sono Borghi, scusa ti posso richiamare tra un'oretta che adesso ho da fare?

Conversazione porno-amicale

Ehilà maiale, allora?

Va' là va' là che non me la racconti tutta...

E lei cos'ha detto?

Ma dai! E tu allora?

Dai, non farmi ridere che sono in un bar che mi sentono tutti, ma davvero lei ti ha...

E tu le hai... ma no...

Ma dai? Te l'avevo detto che quella era una por... non farmi parlare, dai... Ah sì? E tu le hai messo una mano? Noooooo! Ma davvero ti ha preso... come ti ha chiamato...? Dai che non ci credo.

"Cazzone d'oro"? E tu cos'hai fatto, Giulio?

Come sarebbe a dire che non ti chiami Giulio? Scusi, ma con chi parlo?

Conversazione sibillina (a bassa voce)

Pronto sei tu, sono io...

Guarda per quella cosa ho parlato con quello ma niente...

Senti, parla con lui per sapere se può fare almeno l'altra cosa.

No io non posso dirtelo adesso così ma secondo me per quell'altra cosa bisogna che chiami tu.

Allora io chiamo lui e gli dico che poi tu lo chiami per quella cosa.

Ciao va bene ma non parlarne con chi sai tu che poi mi chiama e succede quello che sai.

Conversazione strategica

Nerio, sono Augusto, se senti questo messaggio nella segreteria del cellulare lascia un messaggio nella segreteria di casa mia perché adesso vado a fare la sauna e lì il cellulare non funziona però quando esco ti chiamo e se trovo il tuo cellulare spento ti lascio un messaggio a casa per dirti se prendo il treno dove mi puoi chiamare dalle otto e trenta alle nove perché dopo cominciano le gallerie, ma posso anche chiamare io la tua segreteria telefonica dicendoti dove sarò in albergo oppure se mi si scarica il cellulare chiamami tu in segreteria a casa che cerco di fare un trasferimento di chiamata, e se non ci riesco ti lascio in segreteria un numero dove puoi lasciarmi un messaggio dove dici a che ora hai il cellulare acceso così ti chiamo.

Conversazione di mercato

Nico sono qua al negozio ma la camicia verde a righe grandi non ce l'hanno.

Ce l'hanno a righine verdi piccole, chiare...

Piccole quanto non saprei, diciamo come un capello.

Che ne so se è un capello mio o un capello tuo, comunque non hanno la taglia cinquantaquattro.

Non so se va bene il cinquantadue, senti non hai un metro per misurarti il collo, misuratelo e poi richiama e mi devi anche aiutare a comprare i formaggi.

Conversazione-truffa
(fatta da un uomo con una bionda vistosissima al fianco)

Gina sei tu?

Ciao cara, senti non rientro stasera, sono ancora a Milano, la riunione è stata più lunga del previsto.

Che tempo fa a Milano? (imbarazzo) beh, che tempo vuoi che faccia a Milano...

I rumori? Ah sì, sono nello studio dell'avvocato Gambetta, siamo in una pausa. Te lo saluto sì. Avvocato (rivolto al barista stupito) mia moglie la saluta.

Va bene amore, ci vediamo domattina, ma tu dove sei, in casa?

Certo amore che sono a Milano ma insomma ti fidi o no?

Un bacio cara, scusa cos'è questa musica di sottofondo?

Lo stereo della camera da letto?

Scusa cara ma noi non abbiamo lo stereo nella camera da letto.

Come l'hai comprato stamattina? Guarda cara non fare la furba che in dieci minuti... in un'ora d'aereo piombo lì e sono cazzi eh! Va bene, va bene, mi fido, se non ci si fida allora è inutile.

Certo che sono a Milano, fidati.

Scusa, che marca è lo stereo che avresti comprato?

Conversazione affrettata

Scusa Nino ma mi si sta scaricando la batteria devo dirtelo in fretta mi ha telefonato il portinaio che la nonna è morta dovresti andare su da lei al terzo piano e sfondare la porta ma sta' attento che c'è una gran puzza di gas e già che ci sei guarda nel garage se c'è l'auto perché il portinaio m'ha anche detto che stanotte li hanno forzati tutti, com'è andata la chemioterapia stamattina, e scusa un'ultima cosa, cosa sta facendo l'Inter?

SIGISMONDO E VITTORINA

Due vecchi pensionati abitavano nelle case popolari del Giallone, quel brutto, lungo edificio che sembra una fetta d'Emmenthal, e dentro due buchi dell'Emmenthal c'erano i loro appartamenti, uno sopra l'altro. Erano poveri, ma così poveri che viene fame solo a scriverne. Sigismondo era magro magrerrimo, e stava sempre alla finestra in mutande. Possedeva infatti un solo vecchio paio di pantaloni, così lisi e consumati, che ogni giorno li cospargeva di colla, aspettando che ci si posasse sopra un po' di polvere. La polvere formava una lanugine che dava spessore al tessuto. Qualche volta al pantalone si attaccava un'ape, o un ago di pino, o un biglietto dell'autobus, Sigismondo dipingeva tutto di nero, il pantalone diventava bitorzoluto e lui diceva che era tweed.

Siccome poteva uscire poco (appunto solo quando i pantaloni avevano un corpo, oltre che un'anima), stava alla finestra del suo sesto piano, o seduto in cucina a parlare col suo unico lusso, un pappagallo di nome Ramón Pérez Teófilo Juantoreña. Lo aveva vinto a una riffa al festival dell'Unità e costituiva la sua unica pennuta ricchezza e il suo unico variopinto amico. Ramón era cubano, rosso con le ali azzurre e una mascherina da pulcinella sul becco dorato. Faceva parte di uno stock di cinquanta pappagalli che erano stati scambiati a una festa dell'amicizia Italia-Cuba con cinquanta oche varesotte.

Ramón Pérez Teófilo Juantoreña sapeva dire solo due frasi: "Vamos a bailar" e "Por qué no?", essendo cresciuto in un dancing, dove queste erano le parole maggiormente pronunciate. Ogni mattina, quando si svegliava, gridava "vamos a bailar" anche settanta volte di seguito, finché qualcuno gli gridava "por qué no?" con aggiunta di bestemmie condominiali.

Sigismondo lo nutriva con un miglio speciale che costava ben trecento lire l'etto. Pranzavano e cenavano insieme ogni giorno. Ramón mangiava trecento chicchi con un po' d'acqua e Sigismondo cinquanta chicchi dentro una fetta di pane. La domenica compravano una meringa: Ramón Pérez la sbocconcellava e Sigismondo raccoglieva le briciole che cadevano dalla gabbietta. Era un buon ménage, ma non bastava a riempire la solitudine di Sigismondo. Così egli contemplava sognante la signora Vittorina, collega pensionata.

Vittorina abitava al piano di sotto e aveva una bella terrazza adorna di gerani. Passava ore e ore in terrazza, zappettava e spulciava le piante, le curava con amore e cantava un vasto repertorio che andava da *Zingara* a *Pensiero Stu-péndo* fino ad alcune versioni vittoriniane di Bob Dylan. Sigismondo la contemplava per ore, in inverno e in estate mentre cantava e concimava il suo piccolo regno pensile, ammirando dall'alto le sue rotonde strutture e ottenendo talvolta un breve sorriso quando la Vittorina entrava o usciva dallo sgabuzzino degli attrezzi, evidentemente comunicante con la casa.

La verità era ben diversa: Vittorina era così povera che aveva affittato i trenta metri quadri dell'appartamento a due dozzine di studenti greci. Nello sgabuzzino lei ci viveva. Dormiva inizialmente insaccata in un'amaca lunga non più di un metro, che le aveva regalato un bel mal di schiena. In seguito aveva imparato a dormire in piedi, alla soldatessa, o appesa a testa in giù, alla pipistrella. Quando la mattina si svegliava trascinando i piedi gonfi, aveva dormito alla soldatessa, quando era tutta rossa in faccia, alla pipistrella. I suoi bisogni li faceva in un vaso che nottetempo vuotava di nascosto nei gerani, e aveva un fornelletto con cui cucinava sempre lo stesso piatto: insalata fritta.

In mezzo ai gerani, infatti, coltivava una minuscola insalata, che poi rosolava, approfittando di una favorevole sinergia etnica. Quando gli alunni achei cucinavano, il loro cibo era spesso così pesante e ben condito che il vapore, entrando nello sgabuzzino di Vittorina, condensava formando sulle pareti una saporita rugiada. La pensionata la raccoglieva in una tazza e ci pastellava l'insalata. Se gli elleni cucinavano peperoni, Vittorina mangiava insalata fritta piccante, se cucinavano suvlaki, insalata al ragù, se cucinavano uova, insalata russa e così via.

Ma il destino era in agguato, sotto forma di yogurt scaduto. I peloponnesiaci si ammalarono tutti insieme di una disfunzione intestinale e per tre giorni digiunarono e non fecero altro che scoreggiare, creando nello sgabuzzino una situazione atmosferica non adatta alla *nouvelle cuisine*.

In quel periodo Vittorina non mangiò, deperì e Sigismondo, vedendola pallida e smunta, decise che bisognava tentare di conquistarla, prima che la vecchiaia consumasse tutti e due. Un invito a cena sarebbe stato l'ideale, ma come fare? Le finanze del pensionato erano stremate, tutto ciò che aveva nel frigorifero erano due chili di ghiaccio, un arancio grinzoso come uno scroto e un antibiotico, ricordo di una polmonite del 1976.

Anche Vittorina guardava il volto triste di Sigismondo alla finestra, quasi un Cristo crocefisso al sesto piano. Pensava che forse, un giorno di cucina tebana particolarmente robusta, avrebbe potuto invitarlo a mangiare l'insalata. Ma dove? Lì nello sgabuzzino?

Arrivò la vigilia di Natale. Mezzo quartiere era convolato nel supermarket, ad acquistare tacchini e spumanti. Sigismondo stazionava tuttora dimezzato alla finestra, contemplando Vittorina curante i gerani, quando Ramón Pérez si svegliò dal suo sonno caraibico e tuonò:

– Por qué no?

Sigismondo lo contemplò nei begli occhi cisposi, gli carezzò le ruvide piume rosse e pensò:

"Già, perché no?".

Sporgendosi audacemente e rischiando di esibire l'elastico delle mutande, gridò:

– Signora Vittorina, cosa fa stasera per la vigilia?

– Non lo so, – rispose timida la donna – dovevano venirmi a trovare dei parenti dalla Grecia, ma i traghetti sono pieni, forse cenerò da sola.

– I traghetti in questo periodo sono veramente uno scandalo! – affermò Sigismondo.

– A chi lo dice – sospirò Vittorina.

Questa diramazione tematica sul generale malessere dei trasbordi avrebbe potuto essere fatale, perché ne seguì un pauroso silenzio di dieci secondi, durante i quali Sigismondo udì le fondamenta del palazzo gemere, alcuni clacson starnazzare lontano, lo stomaco di Ramón rumoreggiare e il sangue sfuggirgli dalle vene.

"Questa balla del traghetto potevo risparmiarmela" pensava Vittorina, mentre col cuore in gola sprimacciava i petali del geranio più anziano.

"E adesso da dove ricomincio?" si arrovellava Sigismondo.

Fu Ramón Pérez a interrompere con un sonoro "Vamos a bailar" quella situazione di stallo. "Por qué no?" rispose Sigismondo, la Vittorina rise e tutto il condominio esente da supermarket commentò variamente quell'esplosione di ilarità.

– Ah, c'è proprio da ridere – disse uno del primo piano.

– Il pensionato del sesto è uscito di testa – sentenziò uno del secondo.

– Quella troia – disse una del terzo, *en passant*.

– Poveracci, sono rimbambiti dalla fame – commentò un bambino del quarto.

– Ah, l'amore – disse il gatto del quinto, Medoro, soriano, otto anni, castrato.

Placatosi il sonoro turbinio delle risate, Sigismondo raccolse tutto il suo coraggio e disse:

– Sssssignora ssse vuole stasssera potremo mangiare insssieme un bocone.

L'emozione aveva causato una doppia turbativa nella fluente dizione del pensionato e cioè:

a. lo slittamento prolungato della esse dovuto all'emozione e alla compressione davanzale-diaframma;

b. un'abolizione delle doppie, causata da secchezza delle fauci, che aveva fatto comparire una creatura, o cibo, di misteriosa origine, quale il "bocone".

– Volent'ieri – rispose la signora Vittorina con un singhiozzo frammisto.

"Por qué no?" chiosò Ramón Pérez, spidocchiandosi.

– Ma poiché ora mi sovviene, – disse Sigismondo, colpito da improvviso benessere retorico – che ormai è tardi e oggi non ho fatto la spesa in quanto attendevo una telefonata augurale del mio unico nipote residente a La Habana, la pregherei, se le fosse possibile, di portare un contorno al succoso manicaretto che confezionerò per l'occasione.

– Non havvi problema, – disse Vittorina, contagiata dall'eloquio – ma poiché anch'io attendo una telefonata dal parentado di Patrasso, temo che potrò portare solo una fresca insalata, augurandomi che essa ben si accompa-gni al manicaret-to da lei preventiva-to (triplo singhiozzo).

– L'insalata è quanto di meglio si sposi all'anatra all'arancia all'araba. La attendo alle otto.

– Non mancherò.

"Por qué no" disse Ramón Pérez Teófilo Juantoreña.

Era ancora la vigilia di Natale. Neve non v'era, ma un vento gelido sibilava sui muri del condominio, facendo tremare i cuori e gli infissi. Gli ultimi ritardatari correvano con le borse gonfie di spesa verso il cenone e i lazzi annessi. Misero chi non aveva una casa, una compagnia, una moglie, un cugino, un tacchino. Ma quella sera, forse, la sorte aveva concesso ai due pensionati un Natale felice.

O no?

Vittorina, dentro lo sgabuzzino, rammendava l'abito buono, un tailleurino verde catarro che lei aveva adattato pazientemente, ogni anno, ai chili in più. La gonna aveva ormai raddoppiato l'ampiezza, con l'aggiunta di spicchi quasi uguali tra loro, passando da campanula a ombrellone. Poi la pensionata uscì nel gelo e raccolse quasi tutta l'insalata. Era così emozionata che maldestramente ferì anche qualche geranio, estirpò le radici, e lacrime le cadevano per il dispiacere; ma come diceva il cantautore Rick Banana:

bisogna piangere un poco / per aver gioia dopo.

Col groppo in gola Vittorina provò a cantare *Pensiero Stupéndo*, ma non ci riuscì, arrocò e le stelle beffarde, roteanti sul terrazzo, le dicevano che mai più, mai più i suoi gerani sarebbero stati gli stessi, mentre strappava insalata e terra e lacrime. Ma forse anche la sua vita non sarebbe più stata la stessa.

O no?

In casa di Sigismondo, la situazione era altrettanto drammatica. Incombeva un'aria da tragedia classico-caraibica all'ultimo atto. Sigismondo aveva posto la gabbia di Ramón Pérez sul tavolo, fatto quanto mai inusuale, e gli aveva versato nella mangiatoia tutto il miglio mensile, quasi tre etti.

– Mangia, mangia amico mio, è Natale – disse con gli occhi lucidi.

Ma Ramón, sbocconcellati i primi chicchi, arruffò le piume della fronte e guardando negli occhi Sigismondo, capì quello che in verità aveva capito già da tempo, dal momento in cui era stata pronunciata quella frase fatale: *anatra all'arancia all'araba.*

Spalancò le ali con possenza di aquilotto, le richiuse sul petto e così severamente parlò:

– Ho quarantasei anni, età non eccessiva per un pappagallo che, come forse sai, può vivere fino a cento. Ho trascorso un'infanzia felice, tra gli eucalipti di Santa Maria de la Mar. Tu lo ignori, ma ho avuto dodici figli da una pappagalla porta-ordini dell'esercito di stanza a Guantanamera. Tre di loro sono morti di morte naturale, quattro vivono in gabbia, ma cinque erano ricognitori del gruppo di assalto "Guevara" distintosi nelle guerre in Angola. Tutti sono scomparsi combattendo. Ho sempre pensato al loro eroismo, mentre trascinavo questa vita comoda e banale, nella nebbia di questo pingue e indifferente paese. Ora leggo nei tuoi occhi che il nostro sodalizio è finito, e la mia ora è giunta. So bene quale "anatra" verrà cucinata stasera. Ebbene, sappi che non ti serbo rancore. A che vale trascinare un'esistenza se in essa non trova più posto la parola "speranza"? Per te arrostirmi è la speranza di una vita migliore. Ma cosa posso sperare io, sospeso in una gabbia a cinquanta metri d'altezza sulla taiga periferica, lontano migliaia di chilometri dai miei eucalipti e dal *mojito*? Ma sì, venga la morte con aspro sapor d'agrume e contorno di insalata. Almeno nell'ultima mia ora sarò utile all'umanità, a un miserabile brandello di umanità in età pensionistica. No, non parlare, non piangere. Y está un destin también por los papagayos. Ti esento da penose giustificazioni. Ti chiedo solo di risparmiarmi l'umiliazione della garrota: non tirarmi il collo come a un gallinaceo qualsiasi. Sono uno psittaciforme, che cazzo! Fai delle mie piume un gagliardetto rosso, ed esponilo alla finestra ogni volta che un atleta cubano vincerà una medaglia olimpica. Ora apri la gabbia, gringo de mierda.

– Ma io... – disse Sigismondo, aprendo con mano tremante.

"Vamos a bailar!" gridò Ramón, partì come un proiettile e si schiantò contro il muro. Al suolo restò un mucchietto di piume arruffate e insanguinate.

Sette possibili finali

1. La cena fu molto triste. La vedova si accorse dell'assenza di Ramón Pérez, intuì l'accaduto e non mangiò che pochi *boconi*. Sigismondo fece altrettanto. L'insalata sapeva di eucalipto perché i greci stavano facendo l'aerosol per la sinusite. Pochi giorni dopo i due pensionati morirono di psittacosi, una rara malattia che si contrae mangiando carne di pappagallo, e di cui il diabolico Ramón era a conoscenza.

2. La cena non ci fu, Vittorina sbagliò piano e fu rapinata, stuprata e uccisa da un pensionato del settimo.

3. La cena fu un'orgia squallida e sfrenata. La vedova si

esibì in una serie di doppi sensi e iniziative erotiche che lasciarono Sigismondo senza fiato. I due copularono sul tavolo, tra i resti di Ramón e le foglie di insalata. Dopo quella sera, nemmeno si salutarono più.

4. La cena fu simpatica e cordiale. Ma appena i due si furono separati Sigismondo, per il rimorso, si uccise mangiando i due chili di ghiaccio. La vedova, dopo essersi accorta che i gerani non sarebbero più ricresciuti, si lanciò dal quinto piano perdendo la vita e danneggiando gravemente l'unica auto dei diciotto studenti greci.

5. La cena fu paradisiaca. Il sacrificio dei gerani e del pappagallo non fu vano. Vittorina andò a vivere con Sigismondo. Un quadro, raffigurante Ramón in tuta mimetica a fianco di Castro, troneggiò nella camera da letto. I gerani rifiorirono. Un acheo, come regalo di Natale, donò a Vittorina un "gratta e vinci" che, grattato, vinse dieci milioni, e la coppia visse nell'agiatezza fino alla fine dei suoi giorni.

6. Tra i due scoppiò un grande amore. I gerani ricrebbero più rigogliosi di prima e Ramón Pérez sopravvisse alla cottura. Benché mancante di una coscia e di un'ala, si riebbe. Dopo un trapianto di piume e arti artificiali, gli fu consentito di tornare a cantare a Cuba, dove col disco *Por qué no* è attualmente in testa a tutte le hit-parade latinoamericane. Sigismondo e Vittorina ebbero dodici figli, tutti greci, uno dei quali divenne arconte di Sparta.

7. Nel momento di accendere il forno, inutilizzato da anni, tutto il condominio saltò in aria, con circa tremila vittime. Sigismondo, Vittorina, Pérez e i gerani si reincarnarono rispettivamente in un ricco armatore greco, in una fioraia di Amsterdam, in un'aragosta e in un ramo di corallo. In modo diverso, ebbero vite assai felici e si incontrarono sott'acqua, in un club vacanze cubano.

I BAR PIÙ STRANI DEL MONDO

Il locale più esclusivo del mondo è sicuramente il Foera di Cape Ice, tra i ghiacci dell'Artide. Il proprietario non accetta meridionali, ma essendo Cape Ice praticamente a un passo dal Polo Nord, ogni cliente che entra risulta proveniente da Sud, e viene quindi cacciato. A Cape Ice, oltre al proprietario del locale, vivono solo altri due abitanti. Di questi uno è su una sedia a rotelle (e il Foera non accetta handicappati). L'altro è eschimese (e il Foera serve solo bianchi).

Il proprietario perciò passa il suo tempo a confezionare cocktail che, non potendo servire a nessuno, è costretto a bere. Col tempo è diventato completamente alcolizzato, finché un giorno, dopo aver appeso alla porta del bar la scritta "non si servono ubriaconi", si è chiuso fuori ed è morto congelato.

Uno dei locali più strani del mondo è certamente l'Incontro, un single bar nell'isola micronesiana di Wailuhu. Il locale appartiene alla signora Wanono e possono entrarci solo i single, cioè persone non sposate, o che vivono da sole. L'isola Wailuhu ha in tutto tre abitanti. La signora Wanono e i coniugi Jim ed Helena Weihulani, che si sono conosciuti proprio all'Incontro, quarant'anni fa. Perciò da quarant'anni nessuno entra più nel bar, ma la signora Wanono lo tiene aperto.

"Non si sa mai," sostiene "una sera a qualcuno potrebbe fermarsi l'auto sotto la neve e potrebbe cercare rifugio qui e aver bisogno di una buona zuppa di fagioli e di un po' di compagnia."

La dedizione della signora Wanono al suo locale è ammirevole, tanto più che su Wailuhu non ci sono strade, né automobili, non nevica mai e non esistono fagioli.

Il bar più affollato del mondo è sicuramente la birreria Infierno di Tijuana, nel Messico. Si è calcolato che il locale, che non supera i settanta metri quadrati, nelle sere di punta possa contenere fino a tremila persone.

L'arredamento del bar è quanto mai spartano: ci sono dieci barili di birra per servirsi e dieci barili di birra vuoti per pisciarci dentro. Il fatto che da undici anni nessun camion di birra sia stato visto rifornire il locale, comincia a seminare qualche inquietudine tra i clienti.

Il bar più grande del mondo è il Ristoro della Balena. Vi si serve solo plancton ed è aperto giorno e notte. È noto anche con il nome di Oceano Pacifico.

Il bar più piccolo del mondo era il graziosissimo Kyu-Shiu di Osaka, ma purtroppo nel 1994 cadde nel caffè di un cliente e non è mai più stato ritrovato.

Il locale sado-maso più efferato che si conosca è in una strada malfamata di East Chicago. Appena si entra la luce è calda e confortevole, il barista è gentilissimo, i camerieri sorridono in continuazione. Entraîneuse di mezza età, in scialletti di lana e vestaglie, intrattengono i clienti. Tra i tavoli ci si scambiano le foto delle famiglie, si parla di pesca, di lotterie e di adesivi per dentiere. A mezzanotte c'è il numero del "Grande letto". I clienti vengono invitati da una nonnetta vestita di cuoio a mettersi il pigiama, dopodiché vengon loro cantate ninnananne fino al sopore. Chi era preparato a una notte ricca di eccessi, esce sconvolto, perché non c'è dark-room che possa uguagliare la strepitosa malvagità di ciò che gli viene fatto lì dentro.

Il bar più alternativo del mondo non è ancora stato scoperto, ma potete individuarlo da una particolarità. Mentre i bar conservatori hanno un solo schermo televisivo, i bar alternativi ne hanno da dieci a duecento, per sottolineare la grande indipendenza e autonomia dei clienti dal mezzo televisivo.

Il locale più bizzarro dell'Universo è sicuramente il Ksam-Takka-Stasirah, nel terzo quadrante galattico di Asterope. È una stazione orbitante al centro di nove campi gravitazionali, dove si fluttua come pesci nell'acqua. Il barista è il celebre Hun-Hunbar, un Hun-Hun di Orione con ben settecentododici braccia, famoso per la sua abilità nel servire i clienti senza annodarsi.

L'Hun-Hunbar è in grado di ricevere contemporaneamente settecentododici ordinazioni. Purtroppo non è in grado di ricordarsi a chi deve servirle. Da ciò il nome del locale (Ksam-Takka-Stasirah in dialetto spaziale significa "non-sai-mai-cosa-può-arrivarti"). Potete ordinare un chinotto, ma c'è una sola possibilità su settecentododici di berlo. Se vi va bene, arriverà qualcosa di fresco, se vi va male, qualcosa che strilla dentro il bicchiere. Ecco nell'ordine, le dieci cose migliori e peggiori che vi possono capitare al Ksam-Takka.

Le cose buone

1. Bere un "Fuoco di Antares", bevanda afrodisiaca che vi permetterà di soddisfare una ventina di graziose creature spaziali tutto intorno.

2. Mangiare la ciambella di Saturno, fatta con uova di Wah, le più rare e squisite del cosmo.

3. Fare una partita a gan-gan, il poker spaziale che si gioca con settantadue "carte danzanti" che appena posate sul tavolo si intrecciano in coppie, tris e tarantelle.

4. Ballare guancia a guancia con una Wapoda fino a mezzanotte.

5. Capitare la sera che suona Buckley Bear col suo magico sax.

6. Incontrare nella toilette la splendida cosmonauta russa Titova che è stata dieci anni chiusa in una capsula senza vedere un uomo.

7. Dopo cinque anni nello spazio riuscire a telefonare a casa col Cosmovideotel e vedere che i vostri figli sono cresciuti.

8. Avere la fortuna di sedervi vicino a un Gagbog, il più grande raccontatore di barzellette dello spazio, che sa storielle in dodici lingue.

9. Infilare un gettone in bocca a un Melodikon, la dolce creature-juke-box che conosce le più belle canzoni spaziali.

10. Uscire e scoprire che la vostra astronave, per un paradosso spazio-temporale comune in quella zona del cosmo, è tornata nuova e splendente come quando l'avete comprata.

Le cose cattive

1. Sedervi vicino a un maniaco cosmico che ha appena bevuto un "Fuoco di Antares" e vi ha inserito nella lista delle venti graziose creature spaziali da soddisfare.

2. Mangiare la ciambella di Saturno, fatta con uova di Wah, e accorgervi che di fianco a voi c'è una mamma Wah che piange.

3. Fare una partita a kas-kas, un gioco che richiede novanta carte le quali, appena posate sul tavolo, si tramutano tutte in assi provocando risse indescrivibili.

4. Ballare guancia a guancia con una Wapoda dopo mez-

zanotte (a mezzanotte in punto la Wapoda diventa più adesiva del Bostik).

5. Capitare la sera che Buckley Bear ha dimenticato il suo magico sax e gli danno un sax normale, perché Buckley Bear non è capace di suonare.

6. Incontrare nella toilette l'orribile cosmonauta russo Grabelsky che è stato venti giorni chiuso in una capsula senza poterla mai fare fuori dalla tuta.

7. Dopo cinque anni nel cosmo riuscire a telefonare a casa col Cosmovideotel e vedere che i vostri figli sono cresciuti: ce ne sono tre in più.

8. Avere la sfortuna di sedervi vicino a un Jazz Arool, il peggior raccontatore di barzellette vecchie e stupide dello spazio, un essere che ha tre bocche e dodici lingue, tutte puzzolenti d'aglio.

9. Non ricordarsi che la bocca del Melodikon è dietro, non davanti, infilare il gettone nel posto sbagliato e dover subire la reazione della dolce ma irritabilissima creatura-juke-box.

10. Uscire e scoprire che la vostra astronave, per un paradosso spazio-temporale comune in quella zona del cosmo, ha sul parabrezza sedici anni di multe per divieto di sosta.

GLI ATLETI

Fino a pochi anni fa, il bar era luogo di sedentari, la cui unica attività fisica era il sollevamento di bicchieri, boccette o mazzi di carte. Ma soprattutto negli ultimi anni, è diventato il centro di smistamento di tutta una serie di attività sportive contrassegnate dall'abbigliamento specializzato e da un'assoluta dedizione. Ecco alcuni dei più comuni atleti da bar.

I maratoneti

Gruppo di signori con pantaloncini di raso e canottiere traforate da cui erompono savane di peli. Sotto pance da gestanti nascondono marsupi pieni di misteriose pasticche rinvigorenti e bibite energomiche. Si involano in branchi verso i tornanti collinari e tornano sudatissimi, dicendo di aver percorso decine di chilometri. Alcuni si controllano il battito cardiaco, altri segnano i tempi sulla tabella di allenamento. Proprio quando credono di aver convinto tutti delle loro imprese sportive entra un amico con un borsello e dice: "Ehi ragazzi, chi di voi ha dimenticato questo al ristorante, un'ora fa?".

Il maratoneta solitario

Uomo magrissimo, di età indefinibile, sempre bagnato anche in estate, che corre con un'espressione di grande sofferenza sul volto, si tocca la gamba, si massaggia il fegato, tossisce e sputa ma continua a correre, nello smog cittadino e tra i clacson delle auto, alle due del pomeriggio in agosto e sotto la neve in gennaio, sempre con quel look da Calvario e un paio di occhiali gialli che forse nascondono lacrime. La domanda è: quale peccato deve scontare il maratoneta solitario?

Il gruppo ciclistico "I nonni coriandolo"

I migliori di tutti. Trattasi di un gruppo di pedalatori ottantenni vestiti con colori davanti ai quali esiterebbe anche un travestito brasiliano, con mutandoni gialloblù superaderenti che fasciano clamorosi casi di varicocele, magliettine tricolori con scritte di sponsor, cappellini con visiera e fazzoletti fosforescenti. Sono a metà tra un branco di puffi e un carro allegorico di Carnevale per cui sono detti "nonni coriandolo". Ma quando partono ai sessanta all'ora, nessuno può fermarli. Recentemente un gruppo di questi vegliardi è entrato per sbaglio in un circuito dove si svolgevano i campionati europei juniores. Il gruppo dei "nonni coriandolo" ha raggiunto e staccato di otto minuti la squadra della Germania Est, poi risultata ufficialmente prima.

Le aerobiche con cane

Sono due signore con tutina rosa e due vezzose cagnoline al guinzaglio, che vanno a fare aerobica ai giardini. Dopo dieci minuti le signore sono già sdraiate sull'erba, mentre le cagnoline corrono come pazze cercando di non farsi trombare dai numerosi randagi della zona. Alla fine dell'anno ogni signora perde tre chili ma guadagna dodici cuccioli.

L'uomo con la tuta rossa

Uomo con una vistosissima tuta rossa fosforescente, e una borsa a tracolla, che entra nel bar verso le otto di mattina e se ne va a mezzogiorno. Che sport fa? Nessuno. Semplicemente gli piace molto farsi vedere con quella tuta.

L'uomo col cagnone

Questo è l'unico, vero, grande sportivo controvoglia da bar. Entra tenendo al guinzaglio un gigantesco alano. Mentre beve il caffè, l'alano punta una cockerina e lo estirpa dal bancone, trascinandolo fuori. Lo si può vedere tutte le mattine correre dietro al cane, puntando i piedi, o rotolare trascinato per terra come nei film western. Dopo aver lottato e corso così per ore, finalmente il cagnone si stanca e l'uomo lo riporta a casa in braccio.

Il fetennista

Creatura dall'aspetto normale, con una grande sacca sportiva a tracolla. Al suo apparire nel locale, i presenti notano subito un peggioramento della situazione climatica, un vago odore di formaggio stagionato, o di palude stagnante. Non appena la creatura apre la borsa, ecco l'orrenda rivelazione: è un fetennista, è appena stato a giocare, e la sua borsa contiene magliette, scarpe e calzini frollati. Nonostante le irrorazioni di deodorante, l'abbigliamento sudato, per via del caldo e della chiusura ermetica, ha sviluppato vapori da guerra chimica. Inoltre il fetennista non si sa se per fretta, povertà o sadismo, può giocare anche cinque volte di fila con lo stesso completino. In questo caso il contenuto della sacca moltiplica la sua pericolosità. Le scarpe diventano un cocktail di napalm e roquefort, e puzzano perfino le corde della racchetta. Ma più di tutto è da temere il calzino fantasma, un calzino che si nasconde in una zona misteriosa della borsa e vive lì per anni, moltiplicando la sua tossicità. Inutile opporsi al fetennista. A volte i clienti lo prendono e lo buttano in una fontana, o bruciano il contenuto della borsa. Ma nel locale resterà sempre quell'inconfondibile odore di spogliatoio sudato e di ascella di orango. Perciò, appena vedete entrare un fetennista, mettetevi in salvo il più presto possibile. È infatti in agguato l'"effetto Ace". Il fetennista potrebbe accendere una sigaretta, o bere un cappuccino caldo. Il calore, a contatto coi gas dei calzini, farà esplodere la borsa, lanciando schegge di racchetta, cinti erniari e palline nel raggio di cento metri.

IL PARADISO IN TERRA

Nel silenzio del deserto, tre uomini col mantello cavalcavano tra le dune imbiancate di luna.

– Vi dico che dobbiamo andare di là, – disse Baldo – verso la stella El-Daneb.

– Neanche per sogno, – disse Gas – la direzione è Ovest, bisogna seguire l'Orsa minore.

– Ragazzi, – disse il Nero – io sono l'unico che è già stato in quel posto. Perciò non litigate e seguitemi. Mezzo miglio a Nord, proprio sotto la luna.

Baldo e Gas sbuffarono e deviarono le loro cavalcature.

– Spero che tu abbia ragione, – disse Gas – è tre giorni che viaggiamo, ho il culo livido e ho più sete di un cammello bucato.

– Ehi Nero, davvero sei già stato laggiù? – chiese Baldo. – È proprio come raccontano le leggende?

Il Nero socchiuse gli occhi e si passò la mano sulla barba, facendo schioccare le labbra.

– Non sono leggende! Non c'è delizia uguale in tutto l'Oriente. Là, dove finisce il deserto, sboccia un'oasi. Palme, aranci, cedri, orchidee, gigantesche foglie di basilico, laghi d'acqua limpida pieni di ninfee, salamandre e pesci prelibati. E all'ingresso c'è un'insegna, illuminata dalle torce, che dice:

Il Paradiso in Terra
è qui per te, viandante.

– Per la barba del profeta, ma sarà tutto vero? Non sarà la solita fregatura per turisti?

– È un luogo magico, – sospirò il Nero – appena entrati, una decina di bellissime giovanette ti spogliano e ti fanno entrare in una vasca profumata di sandalo e petali di rosa. Ti lavano e ti spalmano di unguenti. Poi iniziano a massaggiarti...

– Sì, l'ho letto nei dépliant, – disse Gas eccitato – ti fanno sdraiare e ti camminano sopra con i piedi...

– Non solo: si ungono il corpo di olio e lo strofinano contro il tuo, poi spengono una a una le candele e...

– Io credo che dovremmo deviare a Est – li interruppe Baldo. – Guardate, non c'è neanche un'orma sulla sabbia, se il posto è così famoso dovremmo già vederne qualcuna, no?

– Il "Paradiso" è famoso ma anche molto esclusivo – sorrise il Nero. – Pochi sono ammessi! Ed è assai costoso. Avete portato i doni?

– Io ho calze di nailon, grappa e penne biro – disse Gas.

– Può andare, – disse il Nero – ma io ho di meglio: cinquanta collane di vetro, accendini di plastica e dieci Rolex d'oro falsi. E tu, Baldo?

– Banane.

– Banane? Vuoi entrare nel locale più esclusivo d'Oriente pagando in banane?

– Sono banane di Hyrmuz e la loro buccia è la droga più potente dei Sette Deserti. Ma insisto a dire che stiamo sbagliando strada.

– No, guardate! Vedete quel chiarore là, oltre le dune? Sono le luci del "Paradiso in Terra".

– Sì, sì, lo vedo, – gridò Gas – è il riflesso delle mille torce del viale d'entrata.

– Speriamo – mugugnò Baldo.

– Basta coi dubbi e spronate le cavalcature, amici, tra poco ci rifocilleremo nel miglior ristorante d'Oriente.

– I dépliant dicono: "cucina internazionale" – disse Gas, entusiasta.

– Vi assicuro che non ho mai visto niente di simile,

neanche nella reggia dell'emiro Ibrahim. Un buffet con ogni tipo di frutta, ananassi, datteri, manghi, papaye, pesche sciroppate, e poi aragoste del Mar Rosso, dodici tipi di yogurt, formaggi, marmellate, miele, nutella, prosciutto di cerbiatta, uova di quaglia, e anche il pane integrale e i crispies.

– E da bere?

– Tutto, dal distillato di fiori di cactus ai whisky di importazione e poi aperitivi, long drink, vasche di sangrilla grandi come fontane e ghiaccio! Montagne di ghiaccio che viene portato in volo dalle montagne dell'Atlante, negli artigli di aquile ammaestrate.

– E... gli spettacoli? – chiese Baldo.

– Ti sei convinto, eh, peccatore? – sghignazzò il Nero. – Su, al galoppo, guardate la grande luce che ci guida. Al di là di quelle dune ci attende Salima dai sette veli!

– Salima a noi! – gli fece eco Gas, spronando la cavalcatura nell'alta sabbia di una duna.

– E chi è questa Salima?

– Salima è il fiore più bello mai sbocciato in un deserto. A mezzanotte, quando tutte le torce si spengono, appare lei, alla luce rossa delle candele. E danza al suono di un'arpa Kouzak, leggera come il primo vento del mattino. Inizia a ballare e subito si toglie il primo velo e lo lancia agli spettatori gridando "*Nureddes!*". Chi prende il velo, potrà godere dei favori dei Nureddes.

– I Nureddes, – lesse Gas su un opuscoletto – sono una razza meticcia robustissima, amanti polifunzionali per chi ama il sesso estremo.

– Poi Salima, ancheggiando, lancia il secondo velo tra gli spettatori e sussurra: "*Sulemane!*".

– Leggo: "Le Sulemane sono giovanette laureate all'Università Statale per Odalische, e per la loro piccola statura sono capaci di soluzioni erotiche incredibili".

– Salima si toglie il terzo velo e dice: "*Sport acquatici!*".

– Windsurf, sci nautico, escursioni sub con istruttore nei meravigliosi fondali del lago dell'oasi, pesca sportiva, eccetera.

– Si toglie il quarto velo e sussurra: "*Fitting*".

– Yoga, body building, lezioni di tennis, aerobica per principianti, maneggio con le bellissime amazzoni siriache...

– Si strappa il quinto ed esclama: "*La notte del Paradiso*".

– Ogni sera giochi, intrattenimento e danze col complesso "Imad e i sultani", spettacoli di prestidigitazione, riffa, gioco dei mimi e gare di barzellette.

– Si toglie il sesto velo e dice: "*Sorpresa!*".

– Ogni notte una sorpresa; la danza dei dervisci, il karaoke, lo strip della donna serpente e il peep-show tra dromedari.

– Si toglie l'ultimo velo e dice...

– Siamo arrivati! – gridò Baldo, giunto per primo in cima alle dune. Tutti e tre guardarono in giù, e furono accolti da un inaspettato e fragoroso applauso.

– Sono arrivati, sono arrivati! – gridò un coro di voci.

Sotto di loro c'era almeno un migliaio di viandanti di modesta estrazione sociale. Tutti sembravano circondare una stalla, sul cui tetto brillava un'insegna luminosa a forma di cometa. Dentro alla stalla si intravedevano una donna, un uomo barbuto, e qualcosa che sembrava un fagotto di stracci.

– Benvenuti ai Re Magi – urlò un tale, travestito con un paio di ali bianche.

– Un momento – disse Baldo. – Ci deve essere un equivoco, noi cercavamo un locale che si chiama...

– Come sarebbe a dire, – lo interruppe un pastore, che brandiva un gigantesco bastone – siete venuti senza doni?

– Pochi scherzi, – gli fece eco un nerboruto compare – sono due settimane che aspettiamo!

– Mamma, mamma, – si mise a piangere un bambino – i Re Magi sono arrivati senza i regali...

Un mormorio ostile percorse la folla.

– Ragazzi, – sussurrò sottovoce Melchiorre, il nero, agli altri due – mi sa che abbiamo davvero sbagliato direzione.

– L'avevo detto io! E adesso come ce la caviamo? – si lamentò Baldassarre.

– Lasciate fare a me – disse Melchiorre. Si eresse imponente sul cammello e gridò: – Ebbene, sì, siamo qui tra voi, siamo i Re Magi e siamo lieti di essere ospiti di questa... festa... sagra... festival...

– L'Epifania! – urlò una voce cristallina.

– Sì, l'Epifania! – gridò Melchiorre. – E naturalmente abbiamo portato i doni!

– Calze di nailon, accendini e droga – esclamò Gasparre.

– Come? – ruggirono i pastori.

– Voleva dire: oro, incenso e mirra – lo corresse Melchiorre.

– Allora avanti, – disse San Giuseppe – venite, entrate nella mia modesta capanna, o Magi d'Oriente.

– Viva i Re Magi – gridò la folla. – Evviva i generosi sovrani!

– La prossima volta prenoto in un Club Mediterranée – disse tra i denti Melchiorre, e spronando il cammello, avanzò trionfalmente tra due ali di folla festante.

IL MISTERO DEL DISTRIBUTORE AUTOMATICO

Qual è il futuro del bar, in questi tempi dove il futuro si chiama bilancio di previsione, budget, poll o trend? Ovviamente nel domani del settore c'è il bar a basso costo salariale, ovvero altamente tecnologizzato, ovvero il trionfo del distributore automatico.

Nato da una notte d'amore tra una biblioteca e un frigo, questo simpatico macchinone (o graziosa macchinetta) ha invaso aziende, spogliatoi, scuole, mense, stazioni di servizio, abituandoci all'idea che ben presto potremo fare a meno dell'obsoleta struttura baristica. Ma anche questi stolidi robottoni hanno una varietà, una storia, e soprattutto una personalità.

Ecco alcuni dei più strani.

Il Distributore Infido (o Bastardone)

Si trova specialmente nei corridoi delle grandi aziende. La sua prerogativa è l'assoluta discrepanza tra ciò che promettono i suoi tasti e i servizi erogati.

Esempio: sulla tastiera è scritto *caffè amaro, dolce, espresso, lungo, macchiato*. Ma se il Bastardone decide che quel giorno servirà tè freddo, non c'è verso di fargli cambiare idea. Inoltre questo tipo di distributore si diverte a improvvisare dispetti e sabotaggi con perfidia umanoide.

Esempio: a volte versa il caffè *prima* di far scendere il

bicchierino di carta, e se cercate di fregarlo mettendo *voi* il bicchiere in anticipo, sentirete uno strano ronzio: il Bastardone ne sta preparando una delle sue. Ad esempio, è capace di sparare un getto di caffè bollente che scioglie il bicchiere, e poi aggiunge dodici cucchiaini, creando un'originale minestrina di plastica. Ma attenzione ai due trucchi più subdoli:

L'Apprendista Stregone. Il distributore cala regolarmente il bicchierino, dopo di che piscia caffè per quindici minuti di seguito, e non c'è forza sulla Terra che possa fermarlo.

Il Dolce Inganno. Se volete un caffè dolce, il Bastardone erogherà la bevanda ma si rifiuterà di zuccherarla. Dopo aver aspettato dieci minuti, sarete costretti a ritirare il caffè e andare alla ricerca di una bustina. In quel momento, alle vostre spalle, il Bastardone scaricherà per terra un chilo di zucchero.

Il Piccolo Chimico

Distributore che riesce a far scaturire dalle sue viscere liquidi colloidali, mucosi, viscosi, di odori e colori che neanche un chimico specializzato saprebbe analizzare. Sotto la voce *caffè* esce una schiuma nerastra dall'inconfondibile odore di zuppa di pesce. Il latte sembra collamidina, o qualcosa appena strizzato dal fazzoletto di Alien. Nel cappuccino galleggiano alghe di provenienza misteriosa. Il tè può raggiungere temperature da eruzione vulcanica, e la cioccolata fa i geyser. Dopo aver bevuto questi prodotti, molti provano vere esperienze psichedeliche.

L'Assassino

Grosso distributore che vive specialmente nei pressi dei campi da tennis, nelle palestre e nelle stazioni autostradali.

La sua tendenza è quella di rapinarvi i soldi, quindi catturarvi la mano e stritolarvela. Spesso insieme alle bibite esibisce pollici, orologi e scalpi estirpati ai clienti. Ma soprattutto, se non funziona, attenti a non colpirlo mai con un pugno! L'Assassino è vendicativo e può rispondere con lattine sparate in faccia, e getti di cioccolata bollente.

Il Paradiso del Bevitore

È un distributore enorme, colorato, che contiene di tutto, dalle merendine alle bibite, dai tramezzini alle liquerizie. Il caffè è ottimo e alla temperatura giusta, il tè profumato e ben zuccherato. Tutto funziona perfettamente e non è mai stato segnalato un guasto. Dov'è il trucco? Purtroppo questo distributore funziona solo con gettoni esagonali al tungsteno dal peso di un chilo reperibili presso la ditta Butox, di Occhiobello (Rovigo), chiusa per ferie fino a tempo indeterminato.

I distributori del futuro:

L'Aziendalista

Distributore ad alta tecnologia che porterà l'immagine del Padrone impressa sul davanti. Potrà negarvi il caffè restituendovi un biglietto con la scritta: "Caramanna, è già il quarto stamattina, non le sembra di esagerare?". Oppure: "Signorina Ravelli, niente Coca-Cola, il suo direttore mi ha detto che ieri lei ha ruttato davanti ai giapponesi". E ancora: "Non prendete le merendine rosse, meglio quelle al cocco che fanno schifo ma sono prodotte da noi". Ancora più crudele: "Ma come, Speroni, l'abbiamo appena licenziata e lei ci beve su?".

Il Collegato Internet

Da casa basterà digitare *www@cappuccino.it* e, magicamente, un tranquillo biologo neozelandese avrà tutto il suo computer inondato di schiuma, mentre nel vostro bicchiere piomberanno centomila spermatozoi congelati di montone.

Il Confidente

A ogni angolo di strada ci sarà un grande distributore luminoso con la scritta "Amico 24 Ore". Potete sedervi sullo sgabello e se avete la tessera magnetica potete ordinare "il solito" e bere finché volete. C'è una tastiera con venti tipi di musica, e si può scegliere la luce tra *bassa, romantica, sexy, fumosa, accecante*. Potete anche richiedere sullo sgabello vicino una Bambola (o un Rambolo) gonfiabile che ride in quattro lingue e vi chiama "bel biondino" o "bella moretta" premendo gli appositi tasti. Ma soprattutto, se parlate nel microfono, il Confidente vi consola, dà consigli, racconta barzellette, e vi ascolta per sole mille lire al minuto. E ci sono seicento combinazioni di cocktail e un tasto per una mano di gommapiuma che vi carezzerà i capelli. Ma soprattutto questo distributore ha una voce calda, umana, amichevole. Anche perché dentro, seduto su una poltroncina, c'è nascosto un omino coi baffi che fa le parole crociate, o una signora che fa la calza, e quello è il loro lavoro, fino alle otto del mattino.

LA RIPARAZIONE DEL NONNO

Ai miei tempi, che non erano solo miei, ma di tante altre persone, non avevamo la televisione, ma avevamo il camino, e davanti al camino c'era un nonno acceso che raccontava.

Noi eravamo fortunati perché avevamo in assoluto il miglior nonno della zona. Alcuni avevano dei nonni che si spegnevano subito e si addormentavano, altri dei nonni rimbambiti che non sapevano raccontare, altri ancora non avevano neanche il nonno, e passavano tristemente la sera guardando la brace e ascoltandone lo scoppiettio. Ma il nostro nonno Telemaco, un robusto esemplare di 87 anni, era uno straordinario narratore da camino, e venivano da ogni dove per ascoltarlo. Dicevano: "Stasera andiamo alla Casa Rossa, hanno un Telemaco 87 due pollici che racconta la storia della Grande Siccità...". Oppure: "Mamma, stasera Telemaco fa il programma di fiabe e filastrocche per bambini, possiamo andare?". Il venerdì c'era la serata a luci rosse, racconti piccanti e maialate locali, il sabato c'era il racconto di guerra. Ma io preferivo la domenica, perché quella sera nonno Telemaco beveva il doppio, gli partiva una gran chiacchiera e i programmi duravano fino alle tre di notte.

Mi ricordo che sedevamo tutti attorno al camino, dove c'era un bel fuoco, e nonno Telemaco rientrava dall'aia, dove era stato a dar da mangiare agli animali, si toglieva le scarpe e per prima cosa dava le previsioni del tempo, tastandosi i calli.

Seguiva il notiziario del giorno: uva, mucche, liti in paese, guasti a trattori. Poi, dopo un gran sbadiglio, che era la sigla finale delle notizie, nonno Telemaco si schiariva la voce con un gargarismo di Barolo e iniziava.

Prima e durante il programma c'era sempre qualche spot. Gli spot erano di due tipi: nel primo caso Telemaco sparava dei gran rutti, punteggiando il racconto, e quello era il segno che aveva mangiato bene, quindi erano da ritenersi spot pubblicitari della cucina di nonna.

Il secondo spot era quando il nonno faceva una pausa, gli ciondolava la testa e stava per addormentarsi. Più che uno spot era come quando appare la scritta "ci scusiamo per la momentanea interruzione dei programmi", ma bastava buttare una castagna intera sul fuoco e al rumore del botto nonno Telemaco riprendeva.

E iniziava la serata: c'erano favole, itticomachie, lezioni di agricoltura, leggende della valle e serial epici, come *Il Grande Duello delle Ruspe* o *La Cattura del Toro Innamorato* o *La Costruzione del Campo di Calcio*. Ma la mia preferita era *L'Invasione delle Rane Giganti*, un kolossal di fantascienza-horror ispirato a fatti realmente accaduti cinquant'anni prima. Tutta la valle era stata invasa da migliaia di grossi batraci di provenienza misteriosa, che gracidavano diversamente dalle rane nostrane, forse in tedesco. Divoravano tutta la lattuga e non c'era veleno che potesse distruggerle, finché qualcuno si era accorto che erano ghiottissime di funghi ma non sapevano riconoscerli. Un quintale di amanite velenose nei punti strategici e non ne restò viva una, tra vomiti, schizzi e spasimi. Era un racconto affascinante e spaventoso. Invece le serate più noiose erano quelle rosa, quando venivano le signore e volevano sapere *Come il Nonno Aveva Incontrato la Nonna* e *Come Fallì il Matrimonio del Fattore*, e dopo si facevano un po' di pettegolezzi e il dibattito.

Il nonno avrebbe preferito raccontare altro, ma il suo era un servizio pubblico e doveva accontentare tutti. Verso mezzanotte c'era la sigla finale, uno sbadiglio che sembrava un assolo di corno inglese, e poi tutti a letto.

Io ero fiero di mio nonno, e non avrei perso una serata

davanti al camino per nulla al mondo. Ma il destino era in agguato, una notte di inverno.

Era una notte da lupi, c'era una bufera con lampi infernali e tuoni che spostavano le montagne come sedie. Il vento ululava nel camino, facendo danzare il fuoco come un'odalisca. Stavamo stretti vicino al fuoco, aspettando la programmazione horror, perché con un'atmosfera come quella il nonno raccontava sempre la *Leggenda della Capra dai Denti di Ferro* o la *Storia dei Sette Lupi alla Porta*, tutte storie vere o quasi, mentre dal camino scendevano gli effetti speciali, sciabolate di vento e colonna sonora di tuoni e la legna umida spetardava facendoci sobbalzare.

Nonno Telemaco arrivò tutto gocciolante e si tolse gli stivali. Non diede le previsioni del tempo perché c'era poco da prevedere, accese la pipa e con voce profonda intonò la *Storia dei Sette Lupi*, una banda di animali sanguinari che aveva terrorizzato la zona nell'anteguerra.

"Il capo si chiamava Nerofumo, era il diavolo in persona, e aveva ucciso più pecore di un'epidemia. Una notte buia e nebbiosa io e il mio amico Favilla tornavamo a casa, sul calesse, e dovevamo passare attraverso la Gola della Civetta, stretta stretta e circondata da un folto bosco di abeti, l'ideale per un agguato."

Il nonno tirò una boccata di pipa e socchiuse gli occhi, creando una pausa piena di *suspense* (che allora si chiamava *cagotto*). "Beh, eravamo a metà della gola," proseguì, "tirava un vento gelido e io aguzzavo gli occhi nel nebbione, cercando di vedere la strada. Il cavallo ansimava, e i denti di Favilla battevano nel buio, 'ta-ta-ta-ta', sembrava di sentir beccare un picchio, e allora dissi 'Ohè Favilla, te la stai facendo sotto?'. Ma dicevo così solo per fare lo spavaldo, in verità avevo una gran paura anch'io! E in quel momento guardo su verso l'abetaia e cosa vedo? Due braci rosse, due occhi di bestia che mi guardano minacciosi."

Il nonno fece una pausa ancor più lunga; si sentiva solo lo scoppiettio del fuoco, e le sedie cigolare. I nostri cuori battevano forte, immaginando Nerofumo pronto a balzare e mordere alla gola. E improvvisamente tutto accadde. Nell'aria si diffuse un rumore di carta stagnola stropicciata, un crepitare sinistro, i capelli del nonno si rizzarono sulla testa, il fuoco diventò nero – giuro – nero come la pece, e dal camino entrò qualcosa di spaventoso, qualcosa che faceva il rumore di un drago e di una trebbiatrice insieme, ci fu un lampo abbagliante, uno schianto, le braci volarono come farfalle infuocate e una nube di cenere riempì l'aria.

Quando il mostro se ne andò, c'era una gran puzza di strinato ed eravamo tutti neri di fuliggine. Il ciocco nel camino era carbonizzato e il gatto, nudo e pelato, sembrava una gallina lessa. Un fulmine era sceso per la cappa, un caso su un milione. Si disse che era stato attirato da un vassoio d'argento sulla tavola, oppure dai denti d'oro del nonno.

Per altri, invece, era stato evocato dal racconto spaventoso. "Il diavolo," disse una vecchia, "invidia chi sa far più paura di lui." Non ci furono feriti, o morti o danni eccessivi. Ma qualcosa di terribile era accaduto: il nonno, centrato dal fulmine, si era rotto.

Ebbene sì. Cercammo di fargli riprendere il racconto, ma lo choc era stato devastante. I capelli da grigi gli eran diventati bianchi, le mani tremavano. Gli rimettemmo la pipa in bocca, gli facemmo bere il vino preferito e riprese un po' di colore. Fece due o tre spot da sotto (la paura era stata tanta) e poi prese a raccontare così:

"Allo-lo-lo-lora vi-vi-vidi que que que que que que-gli oc-oc-oc-chi-chi-chi fiammeggian-gian-gian-ti che mi gua-gua-gua...".

Orrore! Il nonno balbettava, il suo audio era lesionato e anche i suoi gesti, abitualmente lenti e descrittivi, sembravano quelli di una marionetta. Favilla, il suo amico, gli inoculò un altro mezzo litro di rosso e provò ad aggiustarlo col sistema Carnera, quello con cui faceva ripartire i trattori. Gli tirò un tale pugno nella schiena che l'interno del nonno rimbombò come una botte da cinquecento litri. Telemaco fece un altro spot e riprese a raccontare così:

"Allora il lupo nitrì e si impennò e fiammeggianti la luna

vidi mentre gli abeti sul calesse Favilla disse che occhi che c'era intorno nera addio il cavallo ululò e il fucile si cagò sotto e dissi arbeit macht frei Caterina levati i mutandoni mentre le orribili zanne del sergente Müller urlavano aiuto aiuto, rubano il maiale!".

I circuiti narrativi del nonno erano fusi, e se ne era venuto fuori un pasticcio composto di brani del racconto interrotto, episodi di guerra, ricordi vari e anche particolari intimi del rapporto con la nonna.

Fu fatto un ultimo tentativo. Il nonno fu messo a testa in giù, scosso violentemente e liberato dal surplus di elettricità nonché di vino e polenta. Rimesso sulla sedia, così parlò:

"Cerene sette lupeche più froce Neirofummo qui sgozzolavan ipekkore me unnait me and mai friend Favilla kun chelesse e chevelle trans itavam dint'a golla della chouette, la charmante Colette".

Autentico marasma di slang ipervocalico, con la sorprendente comparsa delle lingue straniere, che il nonno non conosceva, e l'inquietante apparizione di una francesina che mandò in bestia la nonna. Decidemmo perciò di soprassedere, e aspettare il decorso del caso. Il nonno dormì due giorni e due notti. Quando si alzò fece le solite cose, diede da mangiare alle bestie, andò a zappare l'orto, fece un salto da Favilla a parlare di imbottigliamento, tornò, mangiò e si sedette vicino al fuoco. E stette zitto.

Immobile, con due lacrimoni che gli rigavano le gote rugose. Era chiaro che Telemaco 87 due pollici era rotto e bisognava ripararlo, perché non potevamo vivere senza i suoi racconti.

Per prima cosa convocammo un medico, il dottor Faina. Egli dichiarò che c'era uno squilibrio neurologico-elettrolitico e si poteva provare a dargli della camomilla, ma dare della camomilla al nonno, anche diluita nella grappa, era come ucciderlo.

Il veterinario Schioppagatti disse che secondo lui si trattava di un problema psicoepizootico, una perdita di memoria e identità, come ad esempio quando un papero viene allevato da una tacchina o un gatto da una cagna, e suggerì di farlo dormire con i maiali. La mattina il nonno era uguale a prima, mentre tutti i maiali avevano preso il vizio di fumar la pipa.

Venne chiamato Ciappino, un riparatore di tritacarne e televisori, il quale disse che non aveva mai visto un modello di Telemaco 87 e comunque non essendoci valvole o manopole lui poteva farci poco, provò a tirargli le orecchie e a strizzargli un coglione ma il nonno gli tirò un cazzotto in faccia che per poco non lo accoppava.

Allora intervenne Favilla e sentenziò che bisognava chiamare un riparatore di nonni: ce n'era uno dall'altra parte della montagna, si chiamava Ufizeina e lui ce l'avrebbe portato, a qualsiasi costo.

Infatti due giorni dopo una giardinetta si fermò nell'aia e insieme a Favilla ne uscì un ometto basso, con gli occhietti da gallina e una borsa da attrezzi grande due volte lui.

Ufizeina esaminò attentamente il nonno, lo misurò con un amperometro, gli auscultò la schiena, proprio come i medici, gli fece fare un rutto nel misuratore di pressione delle gomme, poi diede il responso.

Il nonno aveva subito una strinatura elettrica del cervello, nella sua testa c'era un albero di Natale di neuroni ed elettroni e positroni che si accendevano quando pareva a loro, e i ricordi e le parole non potevano andare dritti, perché prendevano la scossa, deviavano e rimbalzavano uno contro l'altro. Insomma, dentro al nonno c'era troppa elettricità, infatti gli mettemmo in bocca una lampadina da sessanta watt e brillava che era un piacere. Il rimedio era evidentemente uno solo. Uno choc si cura con un controchoc: il nonno doveva beccarsi un altro fulmine, e secondo Ufizeina c'erano quattro possibilità:

1. il fulmine succhia via l'elettricità eccedente del nonno e tutto torna normale;

2. il nonno succhia un'altra dose di elettricità e diventa pazzo completo;

3. il nonno si carbonizza e diventa un mucchietto di fondi di caffè;

4. non lo so perché non l'ho mai fatto prima.

Poiché la prospettiva era rischiosa, fu convocata un'assemblea di famiglia, e ognuno disse la sua.

Nonna disse che era troppo pericoloso e non valeva la pena, e comunque il nonno, a parte quel difetto nel raccontare, funzionava ancora benissimo. D'altronde erano anni che lei sognava l'elettricità in casa e quella era una fortuna da sfruttare, magari se gli costruivamo un seggiolone bello alto da lì poteva illuminare tutta la cucina.

Mio zio disse che il nonno non era felice ed era giusto rischiare, ma forse bisognava fare prima una prova e lui suggeriva un volontario, ad esempio sua moglie Marcella.

Zia Marcella disse neanche per sogno, e poi a lei i racconti del nonno non piacevano neanche tanto, anzi suggerì di prendere un altro nonno da camino, una Romualda 92 che conosceva tante belle storie romantiche e ricette di cucina e non faceva tanti spot come il nonno.

Mio babbo disse che avrebbe rotto la Romualda a bastonate, perché nonno Telemaco era unico e bisognava tentare di tutto per aggiustarlo.

Mio fratello disse che era incerto, perché se il nonno moriva non solo non avremmo più ascoltato i suoi racconti, ma sarebbe toccato a lui tener dietro all'orto.

Mia mamma disse che la cosa migliore era chiedere al nonno.

Il nonno rispose: *Voglio vivere così, non posso guarire.*

Ufizeina, controllandogli il potenziale elettrico sul coppino, disse che era ancora sotto choc, e in realtà aveva detto: *Voglio guarire, non posso vivere così.*

Perciò ci preparammo all'Operazione "Controsaetta Due", che fu lunga e difficile. Bisognò preparare l'attrezzatura e aspettare l'occasione adatta. E una sera di febbraio nubi nere oscurarono il cielo e si videro, lontano, bagliori di lampi. Stava per arrivare un temporale coi fiocchi.

Il nonno fu messo in mezzo al campo, con uno scolapasta come elmo e le tasche piene di forchette. Sulla testa aveva un'antenna costruita da Ufizeina con sette metri di fil di ferro e una caffettiera in cima. Ai piedi gli avevamo legato due ferri da stiro.

Ci posizionammo a un centinaio di metri. La nonna pregava, lo zio accettava scommesse, io non sapevo se essere impaurito o eccitato. Ed ecco che cominciò a diluviare, e caddero i primi fulmini: uno su un ippocastano, un altro sulla strada, un altro nella vigna.

"È lì, è lì" urlavamo tutti indicando il nonno, ma i fulmini non ne volevano sapere, uno addirittura puntò il nonno ma all'ultimo momento scartò e fece secca la giardinetta di Favilla.

Dieci minuti di bombardamento non sortirono effetto alcuno. Poi il nonno ebbe un'idea geniale. Guardò in su, portò le mani alla bocca e gridò con tono di sfida:

"Non mi prendi, non mi prendi...".

Si udì un brontolio irato, e la nube nera si gonfiò. Quale che fosse la divinità evocata dal nonno, la provocazione era andata a segno.

"Favilla," gridò il nonno "hai presente il geometra Biondi, quello che si dà delle gran arie da cacciatore? Beh, una volta l'ho visto tirare venti schioppettate a una lepre zoppa senza prenderla. Mi sa che quel signore lassù ha la mira del geometra Biondi!"

Stavolta si preparava qualcosa di grosso. La nube triplicò il volume, e scaricò ruggendo non uno, ma quattro fulmini che centrarono il nonno esattamente sul cranio. Lo spostamento d'aria ci buttò tutti a terra. Quando ci riprendemmo il nonno giaceva al suolo esanime, e la pioggia era cessata di colpo. Le campane annunciavano l'alba.

Grazie a Dio, il nonno era bruciacchiato, ma vivo! Fu messo davanti al fuoco, rifocillato e subito gli chiedemmo:

"Telemaco, ci racconti una storia?".

"Era il novembre del 1943," iniziò lui "io e Favilla eravamo sulle montagne, temendo una rappresaglia tedesca. Erano circa le sette di un fresco mattino autunnale, tirava vento da Est e i campi erano pieni di brina, ricordo che io vidi un bel po' di funghi porcini, circa trentasei, ma proprio mentre stavo per raccoglierli sentii rumore di motori e vidi avanzare sulla strada sottostante un'autocolonna comandata dal maggiore Hans Rieger di Düsseldorf, Sparkstraße 124, comprendente cinque camionette Magirus con ventitré soldati più un mortaio da 120 e una jeep con due mitragliatrici leggere da centottanta colpi al minuto guidata da tale caporale Otto, un bavarese alto circa un metro e settanta, sottili baffi biondi, una cicatrice sotto l'orecchio destro..."

Il nonno aveva ripreso a raccontare con una lucidità e una precisione di particolari del tutto nuova. Come disse Favilla, "gli si erano ricaricate le pile".

Il problema fu che non si riuscì più a spegnerlo. Parlò ininterrottamente per undici anni e la notte dovevamo chiuderlo nel pollaio insonorizzato perché se no teneva svegli tutti.

Nessuna cura funzionò. Ma il nonno era felice: raccontava storie alle galline, raccontava zappando nell'orto, vendemmiava raccontando e raccontava mangiando.

Cessò le trasmissioni una mattina di luglio, a novantatré anni. Non lo dimenticheremo.

IL BAR DI UNA STAZIONE QUALUNQUE

Il bar della stazione della città di B. ronzava di gente. Erano i giorni di punta dell'esodo vacanziero. Truppe valigiate e zainate riempivano e svuotavano treni, attendevano stremate dal caldo, si accampavano nelle combinazioni più teatrali, dal presepe al bivacco militare.

E soprattutto si accalcavano alle casse del bar, inseguendo glaciali lattine e rugiadose bottiglie che, una volta conquistate, reggevano alte sulla testa come ostensori, o cullavano maternamente tra le braccia. Soldati in divisa guatavano nordiche rosee, chitarre di alternativi sfioravano teleobiettivi di samurai, mamme monumentali controllavano diserzioni di prole, babbi carichi come somari tentavano, con l'ultimo dito libero, di tenere al guinzaglio un botolo scatenato dagli afrori. Pazienti ferrovieri fornivano indicazioni a suor-sergentesse di brigate rosariate mentre branchi di giovanetti si spostavano compatti, e le sponsorizzazioni delle magliette si confondevano con quelle degli zaini, tanto da farli sembrare un enorme polipoide pronto a scivolare dentro al treno da un unico finestrino.

Quattro africani, ognuno con boutique al seguito, cercavano di piazzare mercanzia con alterna fortuna, un quinto riposava sdraiato tra collane, giraffe e occhiali neri, come il sultano di una reggia in liquidazione.

Due vecchie vestite di nero, in transito dalle isole, tagliavano fette di provola per una nidiata di marmocchi in mutande. Un uomo obeso, sudato, beveva birra a collo e mostrava coraggiosamente al mondo due cosciotti da tirannosauro sboccianti da shorts fucsia con la scritta "SportLine". Un barbone camminava reggendo nella mano destra una busta con la casa e nella sinistra il guardaroba.

Un'antilope bionda, bellissima, ambrata, avanzò tra i tavoli accendendo i sogni di tutti i militari presenti, ma ahimè, poco dopo la affiancò un Thor in canottiera traforata a riccioli biondi che educatamente si mise in fila troneggiando sopra brevilinei calabresi e sbarbine romagnole già rombanti in pole position per la discoteca.

Si attendeva il 9,06 in ritardo, il 9,42 speciale, il 10,00 seconda classe settori B e C. Tutti erano partenzapér o arrivodà.

Solo due clienti del bar sembravano indifferenti alla generale eccitazione, come separati dalla folla da un velo invisibile.

Uno era un vecchio occhiceruleo, con un vetusto completo kaki, bastoncino di canna e sandali con calzini di lana. L'altro un uomo tozzo coi capelli corti, occhiali a specchio, e un completo blu di una certa eleganza. Erano seduti vicino all'entrata del bar. Il vecchio, che chiameremo il Parlante, sorseggiava una birra. L'uomo con gli occhiali neri, che chiameremo il Silenzioso, beveva svogliatamente un caffè freddo.

Chiaramente il Parlante aveva voglia di attaccare discorso e il Silenzioso no: ma in queste situazioni un Parlante è sempre in nettissimo vantaggio. Basta che parli. E così fu.

– Certo, ce n'è di gente oggi – esordì.

– Abbastanza – grugnì il Silenzioso.

– A me non dispiace, – proseguì il Parlante, per niente scoraggiato dal preventivato mugugno – voglio dire, una stazione strapiena può dare ai nervi, ma una stazione vuota è triste. E poi, non so come spiegarle, questa gente che parte per le vacanze mi sembra più allegra, frenetica, ma piena di buonumore, non trova?

– Se lo dice lei – rispose il Silenzioso dietro la cortina degli occhiali.

– Io non parto – disse il Parlante, ormai lanciato. – Quest'estate resto in città, mia moglie ha dei problemi di cuore, e i medici ci hanno sconsigliato di muoverci, allora mi piace venire qua perché nel mio quartiere c'è un gran mortorio, sembra tornato il coprifuoco. Qua ci sono tante facce, dei bei giovani, delle belle giovanotte abbronzate. E la gente sembra migliore, ride di più, si chiama a alta voce, scherza. Forse perché stanno partendo, e sperano di trovare qualcosa di buono là dove vanno. Si parte per questo, no?

– C'è anche qualcuno che sta già tornando – disse il Silenzioso.

– Sì, ritornano e allora osservo quelle belle scene che mi piacciono tanto, uno scende dal vagone e guarda in fondo al binario, affretta il passo e poi riconosce la persona che lo aspetta, e le corre incontro. Si vedono degli abbracci che non si vedono tutti i giorni. E certi baci appassionati! È un momento che ci si vuole bene, magari un'ora dopo si litiga ed è già tornato tutto normale. E si hanno tante cose da raccontare; magari in vacanza non ti è successo granché, ma raccontandolo tutto si colora, si trasfigura. Anche senza volere, la vacanza diventa più bella di come è stata: le cose brutte diventano quasi comiche, le cose belle diventano uniche. Non trova?

– Non lo so. Non racconto mai quello che mi succede in viaggio...

– Ce n'è anche di quelli come lei, che si tengono tutto dentro, come un bel segreto, da coltivare durante l'inverno, come una pianta che si compra in vacanza e si mette sul balcone. E magari tornando si accorgono che gli mancava la loro vecchia città, che sentivano un po' di nostalgia. Il loro quartiere sembra meno noioso del solito. Fanno progetti, si dicono: "no, questo inverno non andrà come quello scorso". Magari questi progetti si spengono in fretta, ma che importa? E quelli che partono? Si stancano più a organizzare la partenza che a lavorare una settimana, ma sembrano contenti. Perché sperano che là, nel posto dove arriveranno, ci sarà qualcosa di nuovo, che cambierà il loro destino. O magari gli basta qualche foto da guardare nelle sere d'inverno. Che ne pensa?

– Penso, – disse il Silenzioso con un sorriso sarcastico – che lei dovrebbe andarci piano con quella birra.

– Parla come mia moglie, – sospirò il vecchio – ma vede, dal momento che non parto, non mi va di stare chiuso in casa a mugugnare da solo, o guardare alla televisione gli ingorghi sulle autostrade, o invidiare quelli che sono partiti. Vengo qui e faccio anch'io parte della festa, immagino dei posti al mare o in montagna, o in un'altra città, dove ci potrebbe essere qualcosa di speciale per me. Ecco, guardi quella ragazza: c'ha scritto sulla schiena "Ocean Beach". Se la guardo, già sento aria di mare, e vedo le palme.

– Guardi che "Ocean Beach" è la marca dello zaino. E non sente che qua dentro manca l'aria per la ressa?

– Ha ragione – disse il Parlante. – Sì, anche a me spesso la folla dà fastidio. Divento nervoso nelle file, soffoco quando sono circondato dal traffico, mi vien da dar di matto, vorrei roteare il bastone e gridare via, via, lasciatemi un po' di spazio, due metri, tre metri almeno. E poi ci sono i rumori che ti svegliano la notte, i motorini, le facce ostili alla finestra, il nervosismo di quelli che credono di essere gli unici a patire il caldo. Sì, qualche volta mi arrabbio, ma poi mi chiedo: vivere insieme in fondo non è questo? Difendere il proprio diritto ad avere un po' di spazio, aria, silenzio, rispetto, speranza, ma senza aver paura di ciò che ci circonda, non vedere nemici dappertutto, invasori, gente che ti passa davanti. Lei, se per strada qualcuno la urta, cosa pensa? Che l'ha fatto apposta?

– Ma che razza di domande, – si spazientì il Silenzioso – e poi di che rispetto parla, non vede quanti barboni, quante persone inutili, miserabili, disperate, ci sono qua dentro?

– Forse ha ragione. Ma non li guardi nel momento in cui sono feriti, chini a terra, vinti. Li guardi nel momento che si tirano su, che sono allegri, che cercano di respirare. Guardi quel nero: carico come una bestia, va a vendere chissà cosa in chissà quale spiaggia, e canta. E guardi come si gode la sigaretta quella vecchiaccia. E quella coppia di ragazzi, beh, non sono proprio dei modelli di eleganza, ma vede come sono abbarbicati insieme a dormire, lì per terra...

– Sì, capisco cosa pensa – proseguì il vecchio. – Che lei è diverso, che non è affar suo occuparsene. Eppure sono sicuro che anche lei, almeno un giorno della sua vita, era ridotto da far pena. Ma negli ultimi tempi, in questo paese, si fa più in fretta a buttare via la gente. Si è accorciata la data di scadenza come gli yogurt. Vecchio, alé, scaduto. Drogato, alé, non dura un mese. Disoccupato, alé, tanto finisce male. Per carità non vorrei buttarla in politica. Ma di questo passo facciamo cittadini solo quelli che tengono il ritmo del gruppo, non so se lei si intende di ciclismo, o anche peggio, quelli che marciano tutti al passo, o quelli che c'hanno i soldi da farsi portare in spalla.

– Calma, calma, – disse il Silenzioso – altroché politica, lei mi sta facendo un comizio!

– Ha ragione, sono un chiacchierone. Ma ogni giorno vedo la gente diventare cattiva per niente, odiare quella che non conosce, ripetere i tormentoni della televisione invece di dire quello che c'ha dentro. Allora mi arrabbio. E a me, glielo dico subito, se la borsa sale o scende non me ne frega niente. Io vedo se sale o scende l'avidità e la cattiveria. E sa cosa le dico? Ma che miseria, che crisi! Noi siamo un paese che potrebbe esportarla l'allegria, come le arance, aiutare gli altri paesi, potremmo essere gente che regala la speranza, invece di aver paura di tutto e montare le fotoelettriche intorno alla casa.

– Ma che discorsi sconnessi. Ci vorrà pure un po' di ordine – sbuffò il Silenzioso.

– Ha ragione ha ragione, sto esagerando. Volevo solo spiegarle perché passo il mio tempo qui. Perché penso che bisognerebbe sempre sentirsi come se si partisse il giorno dopo, o come se si fosse appena tornati. Tutto diventa più prezioso; quello che si lascia e quello che si trova. Il dolore è facile da ascoltare, quello ti arriva addosso, urla, ha una voce terribile, è sempre lui a raggiungerti. La speranza è una vocina sottile, bisogna andarla a cercare da dove viene, guardare sotto il letto per poterla ascoltare. O venire in una stazione.

– I suoi sono discorsi da pomeriggio estivo,– disse il Silenzioso consultando l'orologio, – ma mandare avanti un paese è molto più difficile.

– Ne convengo – disse il vecchio sorridendo. – Mi scusi se le ho attaccato un bottone, vedo che lei sta partendo. Beh, spero che vada in un bel posto e che passi una bella vacanza.

– Grazie – disse l'uomo, e si allontanò, fendendo deciso la calca.

– È difficile parlare con un uomo che ha gli occhiali neri, – pensò il vecchio – non si vede mai cosa pensa davvero. Forse l'ho annoiato. O forse il mio discorso lo ha toccato. Sembra che a certuni parlar di speranza metta paura. Eppure a me questa gente che parte e torna mette allegria. Sì, saran avidi, nervosi, pigri, disordinati, cialtroni, si spingono e si rubano il posto ma hanno diritto di provarci un'altra volta, han diritto di cercarsi un posto migliore, o di tornare a casa e ricominciare. Sì, ricominciare almeno una volta prima di rassegnarsi. Non è molto, ma è qualcosa.

Una famiglia gli passò davanti di corsa, il treno stava arrivando. Un bambino correva goffo, trascinando un triciclo rumoroso. La bimba teneva la mano sul cappello di paglia per non perderlo. Il padre aveva un gilè da pescatore a trenta tasche e naturalmente non trovava più il biglietto. La madre lo perquisiva rimproverandolo. Il barbone, guardando la scena; rise. Il nero addormentato si svegliò sbadigliando come un leone.

Il vecchio aveva finito la birra, si asciugò la fronte e uscì, un po' barcollante, sulla pensilina del primo binario. Venendo dall'aria condizionata del bar, fu come tuffarsi nel brodo. Vide il Silenzioso che si avviava verso l'uscita. Gli sembrò che non avesse più la valigia, ma non ci fece troppo caso. Era troppo incantato a guardare la gente. Gli sembrava di aver scoperto qualcosa, qualcosa di importante che gli sarebbe servito per quello che gli restava da vivere.

"Se avessi con me un quaderno ce lo scriverei sopra" pensò.

"Oggi, stazione di Bologna, due agosto di un anno vicino al duemila, ore dieci e venti del mattino, tutti sono allegri perché partono, e faccio finta di partire anch'io."

INDICE